periscopi

NOCTURN
PER A LA MAFALDA

DOLORS GARCIA I CORNELLÀ

NOCTURN
PER A LA MAFALDA

edebé

Passeig de Sant Joan Bosco, 62
08017 Barcelona
www.edebe.com

Atenció al client: 902 44 44 41
contacta@edebe.net

Directora de Publicacions: Reina Duarte
Editora de Literatura Juvenil: Elena Valencia
Fotografia de coberta: Shutterstock

ISBN: 978-84-683-3466-0
Dipòsit legal: B. 25974-2017
Imprès a Espanya
Printed in Spain
EGS - Rosari, 2 - Barcelona

Índex

1. Marlene

Dissabte, 23 de juny. 15.00 h. Habitació d'en Dídac.

—*Dídac, cariño mío, no puedo quedarme ni un minuto más, que mi avión no espera.*

La Marlene té els ulls radiants i el seu cos exhala un perfum fort i vigorós. S'ha vestit amb la seva millor roba, una faldilla d'un color butà molt cridaner i una camisa d'un blanc immaculat que sembla que absorbeixi tot el sol que entra a la meva habitació a l'inici de la tarda. Se'n va al seu país, per gaudir d'unes merescudes vacances de quatre setmanes que compartirà amb un marit malalt d'avorriment i droperia i amb tres fills que són tota la seva vida, tots els seus estalvis i tota la seva il·lusió.

—*Mafalda duerme la siesta. Cuando se despierte le das de merendar la compota de manzana que hay en la nevera. Tu mamá me ha dicho que volverá a eso de las nueve. Tenéis pollo con salsa de almendras para cenar. Dile también que el lunes le van a traer el vestido de la tintorería, el que se manchó en la fiesta de ayer, y que le he pedido hora para la esteticista, pero que no la pueden atender hasta el martes al mediodía y que...*

—Marlene! No em recordaré de tot. Per què no l'hi deixes escrit?

—*No tengo tiempo, mi amor, o perderé el avión.*

—Doncs truca-li des de l'aeroport, mentre t'esperes. Encara et funciona el meu mòbil vell?

—*Claro, querido, a mí no me parece que sea tan viejo.*

La Marlene em pica l'ullet amb picardia.

—*Estos jóvenes...* —murmura mentre repassa la meva habitació amb mirada crítica—. *Sois unos caprichosos. Siempre queréis lo más nuevo, lo más bonito, lo más caro.*

Allisa la vànova amb un cop de mà expert i precís, i agafa un got brut i un parell de mitjons oblidats.

—*Dejo esto en la cocina y me voy* —anuncia.

—I no em faràs una abraçada de comiat?

—*No me gustan las despedidas.*

—I a mi no m'agrada que te'n vagis.

—*¡Es la primera vez en cuatro años, Dídac! ¡Cuatro años! Mi pequeña Analisse no me va ni a conocer. Cuando me fui, apenas había cumplido los seis meses...*

—I tant que et coneixerà! Si li envies fotos cada setmana!

Se li humitegen els ulls, d'un negre profund. I una esgarrifança li recorre la figura, rodanxona i baixeta. Per un moment, sembla que hagi de començar a plorar. Però de seguida somriu, i el seu somriure és ple d'emoció.

— *Analisse te va a gustar, ya lo verás.*

—No és una mica massa petita per a mi? —vaig bromejar.

—*¡Tonto!*

Se'n va cap a la cuina, encimbellada en uns talons que ressonen per tota la casa. La segueixo. Al vestíbul hi ha dues maletes enormes.

—No entenc per què t'emportes tantes coses.

—*Son regalos para mis tres tesoros.*

—Però que no vindran amb tu quan tornis?

—*Ya sabes que sí.*

—Doncs els dones els regals a la tornada i tot això que t'estalvies.

—*Quiero dárselos allí* —afirma la Marlene, amb un convenciment que em commou—. *Quiero que me vean llegar con los regalos. Quiero que estén contentos cuando alcancen a ver a su mamita bajando del avión con las manos llenas de juguetes y de golosinas.*

—Els teus fills volen que arribis tu, no els regals.

La Marlene atura un moment la seva activitat per la cuina i em mira amb tendresa.

—*¿Sabes una cosa, Dídac? A veces no parece que tengas quince años. Parece que tengas más, muchos más.*

—I això és bo o és dolent? —pregunto, tot i saber la resposta per endavant.

—*Para mí, es excelente. Esta casa, si no fuera por ti...*

—No comencem.

—*Con un padre siempre volando de aquí para allá; con una madre sin horarios, que tanto puede volver a las siete de la tarde como a las cuatro de la madrugada, o no regresar hasta la mañana siguiente, o al cabo de una semana, que ya nos conocemos... Tu hermana Mafalda y yo somos unas afortunadas al tenerte con nosotras. Tú eres el alma de la casa, mi amor.*

—Ja n'hi ha prou.

No m'agrada que em recordin tot el dia que soc molt responsable, que sort que jo sí que faig el que toca, que soc una joia, que compleixo amb tot i que no faig ensurts, ni dono sorpreses, ni causo disgustos. No m'agrada, perquè ja n'estic fart. Però què he de dir a aquesta dona il·lusionada que està a punt de travessar l'Atlàntic per trobar-se amb uns fills als quals fa quatre anys que no veu? No és el moment de comunicar-li que no sé què donaria per tenir una mare com ella i no la que m'ha tocat, que gairebé no sap que existeixo i que, si se n'adona, només és per estirar-me la llengua perquè li expliqui històries de la Gabriela. «I què, la teva amiga? Ja té pare nou?», em va preguntar fa uns dies, mentre s'estava arreglant per anar a la festa de no sé qui. «Va, rei, que si m'ho expliques guanyaré molta pasta i et podré comprar aquell ordinador que tant t'agrada». Quan em va dir això, la vaig mirar amb disgust i en aquell moment vaig sentir molta llàstima i una mica de fàstic.

Mai vaig pensar, quan la van contractar per sortir en un programa d'aquests que ho expliquen tot de tothom, que arribaria a ser tan cínica, tan maquiavèl·lica, tan perversa, tan cruel. Vaig mirar el programa de televisió els primers dies, però me'n vaig cansar de seguida. No l'aguanto. No n'aguanto el to, ni les maneres, semblen bojos amb tants crits; ni les odioses insinuacions sobre els aspectes més truculents de la vida dels famosos, ni els falsos testimonis que aporten encara més brutícia si és possible a la presumpta informació dels presumptes periodistes, perquè no tots han passat per la universitat, no. Excepte algun que sí, els altres són tertulians trets de concursos o de no sé on. I els que sí que són periodistes, encara pitjor. Perquè penso que tants anys estudiant a la universitat per acabar ventilant els drapets de tothom fa molt fàstic, la veritat. De vegades els disfressen i els obliguen a cantar o ballar. És patètic. És un programa nefast, horrible, i m'avergonyeix que la mare hi participi amb tanta empenta i gosadia. I això no és el pitjor. Fa dos mesos, quan va saber que la Gabriela i jo som amics, se li va il·luminar la cara: «Déu meu! Quina sort que tinc! La filla de la Patrícia Halcón surt amb el meu fill!». Des d'aleshores, no para d'atabalar-me amb preguntes. Ho vol saber tot: que si la mare de la Gabriela ja té un altre pretendent, que si on passarà les vacances i amb qui, que si hi ha rumors que està embarassada, que si sé res sobre si ha rebut una pallissa d'un antic amant, que com i quan celebrarà la seva germana gran els divuit...

—¡Dídac! ¿Me escuchas?

La Marlene té un flascó de xarop en una mà i una xeringa a l'altra.

—Se lo debes dar a Mafalda antes de merendar. Te he marcado en la jeringa hasta dónde debes llenarlo, ¿de acuerdo?

—És clar.

—Y guárdalo en el frigorífico.

—Quants dies més s'ho ha de prendre?

—Tu mamá me dijo que el miércoles tiene hora de nuevo con el pediatra y puede que entonces le diga que ya está curada del resfriado.

La Marlene guarda l'ampolleta de xarop a la nevera i, en girar-se, em mira amb cara de dubte. I diu:

—Aunque no sé yo si el miércoles va a poder llevar a la niña al médico.

—Per què?

—Me dijo que el miércoles se iba a Nápoles para cubrir el reportaje de una boda que tiene que salir en el programa del domingo. Me pidió si podía llevarla al médico yo. Cuando le dije que era imposible, que ya estaría en mi país, no sé ni si me escuchó.

Típic de la mare! La seva feina primer de tot.

—¿Tú sabes si tu papá habrá vuelto ya de Milán?

—Ni idea.

—Entonces apúntatelo, cariño, que el miércoles Mafalda tiene revisión médica.

—I qui la portarà si la mare no hi és i el pare ves a saber?

—Tú.

—Jo?

—Es que si no vas tú, no irá nadie.

—Marlene, quan tornis de Guatemala, ens trobaràs a tots dos, a la Mafalda i a mi, en una casa d'acollida per a nens abandonats.

—¡Qué cosas dices!

—I ens hauràs de venir a buscar.

—¿Quieres callarte?

—Un noi de quinze anys no pot portar la seva germana petita al metge.

—¡Claro que puede! En mi país, los hermanos mayores hacen de mamás y papás de sus hermanos chiquitos y es tan natural. Si no, las mamás de verdad no podrían ir a faenar.

Desisteixo de fer-li entendre una cosa que per a mi és molt clara però per a ella no. D'aquí a dimecres ja pensaré com m'ho munto per portar la Mafalda al metge. Potser si ho demano a la tieta Bel, em dona un cop de mà, tot i que la tieta Bel no es parla amb la mare des que surt al programa i, malgrat que són germanes, no en vol saber res. Però tret de la tieta Bel, no hi ha ningú més de la família a la ciutat.

—*Queda la señora Remei, que siempre está a punto para dejar la portería por una urgencia, si se tercia* —em diu la Marlene, llegint-me els pensaments, com sempre—. *Si tan difícil es en este país que un hermano acompañe a su hermana pequeña al médico...*

I jo penso que ja és força xocant que hàgim de recórrer a la portera per tirar endavant en els detalls més quotidians de la nostra vida.

—*No, si cuando yo digo que el dinero no lo es todo en esta vida...* —sentencia la Marlene.

—Ja m'apanyaré, tu no hi pensis més. La Mafalda anirà al metge. O el metge vindrà a la Mafalda —afirmo, intentant pintar-me un somriure al rostre.

No vull que la Marlene se'n vagi de viatge preocupada per una cosa que segur que puc solucionar tot sol d'una manera o d'una altra.

Després d'una abraçada interminable i de dos sonors petons a les galtes, la Marlene agafa les maletes, dona un cop d'ull a la casa, sospira profundament i em diu:

—*Cuida de tu hermanita, mi amor. Y cuida de ti mismo, también, ¿de acuerdo? Volveré pronto.*

Però, quan torni, res tornarà a ser igual. La Marlene deixarà de viure a casa nostra. Amb els tres nens, se n'anirà a un pis que ha llogat a la perifèria. El seu horari de feina serà molt més reduït, i estic convençut que trobaré a faltar la seva forta, irresistible i tan necessària presència a casa. I això que entenc molt bé la seva decisió. Si el seu marit hagués volgut venir, tot seria més fàcil, però l'home diu que, encara que la dona s'emporti els fills, ell ni mort abandonarà el seu país. I també crec que l'entenc. El que no sap la Marlene, i jo, per descomptat, no em veig amb ànims de dir-li, és que la mare ha pensat de fer-la fora i contractar-ne una altra que pugui fer l'horari complet, amb nits incloses, com feia ella fins ara. N'he parlat amb la Gabriela i m'ha dit que no serà difícil col·locar la Marlene quan torni amb la mainada, si és que la mare l'acomiada. «Una dona tan bona i tan eficient com la vostra Marlene», em deia la Gabriela l'altre dia, «segur que trobarà feina; nosaltres l'ajudarem». El «nosaltres», referint-se a ella i a mi, em va entrar a l'ànima per la porta gran.

Des del balcó, saludo la Marlene amb la mà i li envio un petó. Proveïda de les seves dues enormes maletes, la seva figura petita em recorda un cargol, que sempre camina amb la casa a sobre.

Fora, l'aire és calent i el sol ataca amb inclemència.

Sumit en una tèbia i indefinida tristesa, tanco el finestral i torno aclaparat al clima suau i més fresc que l'aire condicionat s'encarrega de donar a aquest pis de cinc habitacions, dos estudis, sis banys i les estances adjuntes per al servei. I em pregunto per a què ens serveixen, tantes habitacions, tants banys i tant espai, si la major part del temps només hi som la Marlene, la Mafalda i jo. La Marlene i els seus tres fills cabrien de sobres a casa, però la mare em va deixar molt clar, quan l'hi vaig plantejar, que amb la Mafalda ja hi havia suficients criatures rondant pel pis. «Només ens faltaria tenir tres marrecs amunt i avall, tres marrecs arribats directament de la selva, au va», va dir.

Si poguéssim triar els nostres pares, jo, a la mare, segur que la deixo per algú altre. Seguríssim, vaja. I al pare, potser també.

2. *Gabriela*

Dissabte, 23 juny. 16.40 h. Sala d'estar de la casa d'en Dídac.

—Si poguéssim triar els nostres pares, Gabriela, tu hauries triat els teus?

La Gabriela em mira amb aquests ullassos verds que semblen un retall de molsa fugit del bosc més frondós. La seva cara reflecteix estupefacció.

—I per això m'has fet venir? —pregunta, sorpresa—. Per parlar dels nostres pares?

—No, és clar que no.

L'he fet venir perquè aquesta tarda de dissabte no puc sortir. Els meus amics, fins i tot la Gabriela, han quedat per anar al cinema i prendre uns refrescos. Jo, però, he de cuidar de la Mafalda, perquè el pare, com a soci que és de la seva empresa de perfums, és a Milà per tancar no sé quins negocis, i perquè la mare va al darrere de no sé quin famós per entrevistar-lo per al programa de demà, i perquè la Marlene se n'ha anat de vacances al seu país, i perquè jo soc un estúpid acabat.

—I doncs? —em pregunta la Gabriela, mentre s'aparta cap enrere la seva llarga i suau cabellera castanya.

—He de parlar amb tu.

—De què?

Entre la Gabriela i jo hi ha, de moment, una amistat relaxada i força divertida. Ella m'explica els seus progressos en les conquestes amoroses i jo l'ajudo en anglès i física. Malgrat la seva aparent superficialitat, la Gabriela és intel·ligent, però una mica mandrosa en els estudis. Ella ho justifica dient que sempre ha crescut com un jonc salvatge, sense que ningú li imposés cap norma. El seu pare, desaparegut de casa des que ella tenia quatre anys, només la veu un cop cada dos o tres mesos i li truca unes quantes vegades més, no gaires. I la seva mare, que ha après a viure del que li donen les exclusives en què explica la seva vida, que no és res de l'altre món però sembla que ven molt, ha deixat que cresqués al seu aire.

—De què vols que parlem, Dídac?

—En realitat, sí que vull parlar dels nostres pares.

—Doncs a mi no em ve gaire de gust, la veritat.

—Ja m'ho imagino.

No és que m'ho imagini. Ho sé. Sé que a la Gabriela la molesta d'allò més veure la seva mare a les portades de les revistes explicant l'inexplicable, perquè després a classe sempre hi ha algun imbècil que se li tira a sobre, com si ella fos la responsable de les bogeries de la seva mare: que de què treballa perquè surti tot el dia a les revistes i als programes de televisió; que què ha fet de profit a la vida; que com pot ser que algú que no té ofici ni benefici obtingui tants diners explicant les seves intimitats; que tampoc és tan guapa com sembla, ni tan jove.

—Que et passa res, Dídac?

—Hauries de ser amb els altres, al cine, i no fent-me companyia.

—Tu m'has trucat.

—Ja ho sé.

—Dídac, no t'entenc.

No és l'única. Jo tampoc sé el que faig ni el que dic.

—La Mafalda està dormint i no es despertarà fins d'aquí a una bona estona. Podríem atrapar la resta i anar al cine amb ells —proposo.

—I deixaries la teva germana sola a casa?

—Si es desperta, segurament s'entretindrà jugant fins que jo torni.

—Tu estàs tocat del bolet. Com vols deixar una nena d'un any i mig sola, dormint a la seva habitació?

—No és obligació meva! —crido, en un intent desesperat de dir sense gaires paraules tot el que sento i tot el que fa un temps lluita per sortir cap a alguna banda.

No és obligació meva cuidar de la meva germana a totes hores. Per alguna cosa té un pare i una mare, no? O que s'ho haguessin pensat una mica abans de tenir-la. N'estic fart. Fart de fingir que no passa res, que jo puc amb tot, que no m'importa que els meus amics surtin a divertir-se i jo em quedi tancat a casa amb una nena d'any i mig. No puc estudiar, treure bones notes, ser un fill model i, a sobre, posar bona cara intentant que no se'm noti que no tinc cap tipus de vida social ni personal.

—Tens raó, Gabriela —dic al cap d'un instant—. No és una bona idea. Au va, ves-hi tu i passa-t'ho bé. Avui no tinc el dia.

La Gabriela no s'aixeca del sofà on estem asseguts ni fa cap gest de voler anar-se'n.

—No conquistaràs ningú si et passes la tarda aquí amb mi —faig broma—. I llavors no tindràs cap embolic nou per explicar-me.

La Gabriela sap que m'agrada, però mai hem tractat el tema a fons, potser perquè tots dos tenim molt clar que no hi tinc res a fer. Ella no té cap intenció de sortir de debò amb ningú. Diu que és una ximpleria comprometre's tan jove, que la vida són dos dies, l'un per ser jove i l'altre per ser adult. Que el dia de ser adult és infinitament més llarg que el dia de ser jove i que, per tant, no val la pena dedicar el dia de ser jove a una sola persona; que per dedicar-lo a una sola persona, hi ha temps de sobres després dels vint-i-cinc. I que per això mateix ara només es diverteix amb conquistes noves. Ella les anomena conquistes, però en realitat només són aventures sense futur. Quan l'hi dic, fa veure que s'enfada, tot i que sé que m'entén molt bé i que, malgrat que no ho admet, està d'acord amb mi.

La Gabriela és molt alegre, d'una alegria encomanadissa, fresca, saludable. Només s'ofusca quan li parlen de la seva mare. Encara que viuen juntes, no vol saber res de les seves aparicions en revistes o en programes de televisió. Per a ella, aquella part de la seva mare és com si no existís. I per això s'enfada tant quan a classe algú surt a parlar de la seva vida plena de disbarats. «Almenys la teva mare és periodista», em va dir un dels pocs dies en què vam parlar d'aquest assumpte. «Té uns estudis i una professió. La meva va ser model, i de poca categoria, tot s'ha de dir; després es va embolicar amb un home de negocis amb qui va tenir el meu germà, que ara mateix no sé ni per on para, es va separar, va conèixer el pare, que, com tu i mig món més sap, és un senyor anglès riquíssim dedicat a la compravenda d'obres d'art, es van casar, van tenir la meva germana, em van tenir a mi, es van separar i, a partir d'aquí, tot han estat aventures amoroses cada vegada més absurdes. I no sé per què, sembla que això li agrada a la gent, ja veus, sobretot si el nòvio en qüestió és un actor, un futbolista o un comte».

—Gabriela...

—Digue'm.

—Sí, volia parlar dels nostres pares aquesta tarda. Però serà molt breu.

—A veure.

—No vull que mai m'expliquis res de la teva mare. Mai més. Ja està. Més breu, impossible.

La Gabriela somriu. Sé que ho ha entès tot.

—Que burro! Tanta comèdia per això... I quan t'he explicat jo alguna cosa que no sabessis per la premsa?

—Només t'aviso per si de cas.

I abaixant la veu, gairebé en un xiuxiueig, afegeixo, amb to de broma:

—És que a casa meva hi ha espies, ja saps, micròfons ocults, càmeres camuflades, telèfons punxats...

Un núvol, gros i dens, travessa l'horitzó per davant del balcó. Per un instant, la sala queda en penombra.

—Tenim unes mares que estan com una cabra —afirma la Gabriela.

—I la llàstima és que mig país segueix a ulls clucs tot el que fan i diuen persones com elles —afirmo—. Com si no hi hagués altres coses al món que suscitin més interès.

—Les unes donen de menjar a les altres i viceversa —murmura la Gabriela—. La meva mare, sense la teva i sense persones com ella, no seria ningú. I la teva mare, sense la meva i sense dotzenes d'homes i dones semblants, tampoc.

—Vist així, sona horrible.

—Ho és, Dídac, ho és.

—Ets fantàstica.

—Tu més.

Els nostres riures es fonen en un de sol, alhora que ens abracem al centre del sofà. Em ve al cap la imatge de dos cadells abandonats pels progenitors enmig de la selva, que saben que només sobreviuran si estan junts. Una imatge potser una mica exagerada, però que resumeix a la perfecció el que sento en aquest instant. I em veig més valent que mai, decidit a afrontar el que quedi del dia de ser jove per estar amb la Gabriela el segon dia de les nostres vides. Per descomptat no penso dir-l'hi encara així de clar, no fos cas que s'espanti i em deixi sol i plantat en les profunditats de la selva.

—Saps què és el que més por em fa ara mateix d'aquest tema? —em pregunta, inundant-me amb la seva mirada verda—. La meva germana Sofía. Demà fa divuit anys i només té ganes de sortir a les revistes, com la mare. No vol estudiar, no vol treballar, només va de festa en festa i pensa viure d'això tot el temps que el seu cos i la seva ambició l'hi permetin. Està a punt d'espatllar la seva vida i no sé com fer que s'hi repensi.

—I la teva mare què en diu, d'això?

—La mare, a sobre, l'anima.

—Quin horror.

—Què és això? —pregunta la Gabriela de sobte, apartant-se de mi i esborrant la nostra abraçada de supervivència en un instant.

—El què?

—Crec que la Mafalda plora. O això, o algú toca un violí molt desafinat en algun racó de l'edifici.

3. Febre

Dissabte, 23 de juny. 17.30 h. Habitació de la Mafalda.

—Aquesta nena està bullint —diu la Gabriela, amb la mà al front de la Mafalda.

L'alça suaument i la treu del bressol. La nena plora amb desconsol, refregant-se els ulls. La Gabriela li acaricia els cabells, li parla a cau d'orella i intenta calmar-la.

—Fa uns quants dies que està molt refredada —li comento.

—I li doneu res?

—La Marlene m'ha deixat un xarop.

—On és?

Vaig a la cuina a buscar-lo mentre la Gabriela intenta consolar la Mafalda, que no para de plorar a la seva falda. En tornar, la Gabriela llegeix les indicacions del medicament i arrufa les celles.

—Això no és cap antitèrmic, Dídac. És simplement un xarop per a la tos.

—I què fem?

—No ho sé —respon la Gabriela.

—Tampoc seria gaire prudent donar-li alguna cosa per a la febre sense saber què té, oi?

—És al·lèrgica a algun medicament?

—No en tinc ni idea.

—Va, truca a la teva mare.

El mòbil de la mare està desconnectat o fora de cobertura. Ho intento set, dotze, vint vegades. I res.

—No deu ser gaire lluny, perquè la Marlene m'ha dit que vindria a sopar.

—Truca al teu pare.

—A Milà? Ara?

—Ves, si et sembla truca-li quan la criatura estigui a quaranta graus.

Però el pare tampoc respon.

—Truca a la Marlene.

—La Marlene ja deu ser a l'aeroport, a punt d'embarcar.

—Telefona-li.

—No puc, Gabriela, són les seves vacances.

—Pregunta-li només si la Mafalda és al·lèrgica a alguna cosa. No l'espantis. Digue-li, no ho sé, que t'has oblidat de preguntar-l'hi i és per si de cas la nena té febre.

—No s'ho creurà

—Tu truca-li.

Un soroll entretallat, com de sofregit de paella, m'impedeix parlar amb la Marlene amb naturalitat.

—*¿Qué pasa, mi amor?* —la Marlene, que no s'alarma gairebé per res, crida com una condemnada.

—Res, res, Marlene, no t'espantis, si us plau.

—*¿Que no me asuste, dices? Estoy a punto de subir al avión y mi tesoro me llama con una voz que parece de ultratumba. ¿Cómo quieres que no me asuste?*

—És la Mafalda...

—*¿Qué le pasó a mi princesita? ¿Cómo está? ¿Qué ocurre, Dídac?*

—Que no t'espantis, dona. Només volia saber si és al·lèrgica a algun medicament. Per si de cas...

—*¿Por si acaso qué?*

—Per si de cas li puja la febre.

—*¿A cuánto está?* —pregunta la Marlene, que ho ha endevinat tot en un instant.

—No l'hi he mirat. No trobo el termòmetre per enlloc.

—*¿Cómo respira?*

Miro la Mafalda. La petita panteixa com un gos enmig d'una cacera. Té les galtes vermelles i els ulls tancats.

—*Llama a tu mamá.*

—Ho he fet i no respon.

—*Pues a tu papá.*

—El mateix.

—*Llama inmediatamente al doctor González-Peiró.*

—És el pediatre?

—*No, es un médico muy amigo de tus papás, ¿no te suena? Salen muchas veces a cenar juntos. El número está en la libretita que tu mamá tiene al lado del teléfono. Cuéntale lo que pasa y él te dirá qué debes hacer. Y no le des nada antes de que el médico le eche un vistazo, ¿me has entendido?*

—Tu creus que un dissabte a la tarda vindrà el metge a casa?

—*Inténtalo. Te dije que es muy amigo de tus papás. Yo tengo que irme, que ya llaman a los de nuestro vuelo. Un besazo, cariño. Y otro para mi Mafaldita. Sé valiente, anda. Y prudente, ¿me oyes?*

—Sí, sí.

—*No pierdas ni un segundo.*

—Marlene…

—*¿Qué?*

—*Te quiero mucho.*

Silenci a l'altra banda. Només al cap d'uns segons sento la Marlene que em diu entre sanglots que ella també m'estima molt.

Pengem. I un altre cop em ve la imatge dels cadells abandonats enmig de la selva.

Vaig volant fins a la tauleta del telèfon. Busco el número del metge. Li truco, però surt la veu d'un contestador automàtic: «Consulta del doctor Jordi Miquel González-Peiró. En aquests moments no us podem atendre. Si necessiteu concertar hora de visita, truqueu dilluns, dimecres i divendres de deu a una. Per a qualsevol urgència, adreceu-vos al centre de salut més proper. Moltes gràcies».

—No hi ha ningú —dic a la Gabriela, amb la veu compungida.

Just en aquell instant em sona el mòbil. Per la pantalleta veig que és la Marlene.

—*Dídac, olvidé decirte que en la libretita de tu mamá hay dos números de teléfono del doctor. Uno es el de la consulta, que hoy no te va a contestar, porque es sábado. El otro es el privado, de su casa. Llama a ese. Venga, no pierdas ni un minuto.*

—I el teu vol?

—*Parece que se retrasa algo. Anda, llama, llama. Entre tanto, yo miro si localizo a tu mamá. Un beso, mi rey.*

La Mafalda continua panteixant d'una manera molt alarmant. La Gabriela li passa uns draps humits d'aigua de colònia pel front, el coll i les mans. Tot el seu petit cos està bullint. Ja no plora, però el cap no se li aguanta i la Gabriela el sosté amorosament a la falda.

—El doctor González-Peiró?

—De part de qui? —pregunta la veu d'una noia jove.

—Em dic Dídac Martí, ell sap qui soc.

—Un moment.

Passen uns pocs segons que a mi se'm fan eterns.

—En Dídac Martí? El fill d'en Ferran?

La veu del metge és greu i profunda, d'home assenyat. Qui sap què hauré interromput en la comoditat de casa seva, potser una migdiada, o una sobretaula.

—Em sap molt greu trucar-li a casa un dissabte a la tarda, doctor, però la meva germana està molt malalta i no puc localitzar els pares. La mare deu estar treballant i el pare és a Milà. I la nena té molta febre i no obre els ulls.

—Tranquil, noi. A veure, a quina temperatura està?

—No ho sé, no trobo el termòmetre. Però està bullint.

—Té taquetes vermelles o blaves pel cos?

—Crec que no.

—Ja estava malalta?

—Estava refredada.

—I dius que li costa respirar.

—Ho sembla, sí.

El metge inicia una pausa breu. Sento la seva respiració a través del telèfon.

—Mira, farem una cosa. Truca a una ambulància i us n'aneu corrent a l'hospital de la Mare de Déu Blanca. Jo me n'hi vaig ara mateix. Ens trobarem a urgències, d'acord?

—Moltes gràcies, doctor.

—I una altra cosa: porta el medicament que pren i el llibre de salut, un quadernet on s'anoten les vacunes, les al·lèrgies, les malalties... Sabràs trobar-lo?

—Crec que sí.

—Tens a mà el telèfon de les ambulàncies? Per si de cas, anota...

Em dona un número i me'l gravo al mòbil.

—Intenta trobar els teus pares —m'avisa el doctor—, tot i que en Ferran, ara mateix, deu estar de ple solucionant el seu problema i ves a saber si el trobaràs disponible.

—Quin problema? —pregunto, desconcertat, perquè no em sona gens que el pare tingui algun problema, vull dir algun problema fora del normal.

El metge s'ha quedat un moment en silenci.

—No res, coses meves —reacciona tot d'una—. Va, truca a l'ambulància. Jo us espero a l'hospital.

I penja.

Truco ràpidament als de l'ambulància, que em responen que en set o vuit minuts seran al portal.

La Gabriela porta la Mafalda en braços i li canta xiuxiuejant una cançó. La nena ja no plora. Sembla adormida, però la Gabriela em diu que no és un son normal.

—És com si perdés el coneixement. Si no arriba aviat l'ambulància...

—Agafo el llibre de salut que m'ha dit el metge i baixem de seguida —dic, mentre el busco com un boig al calaix on la mare guarda tots els nostres documents.

Finalment trobo el llibre. Després me'n vaig cap a la nevera i en trec el flascó de xarop. Poso en una bossa el xarop, el llibre de salut, uns quants bolquers, un paquet de tovalloletes humides, un biberó amb aigua, un pijama de la Mafalda i el seu peluix preferit, i sortim a correcuita cap a l'ascensor.

4. Porteria

Dissabte, 23 de juny. 17.50 h. Porteria de la casa d'en Dídac.

La Gabriela continua amb la nena en braços. Jo porto la seva bossa i la de la Mafalda, i el mòbil i la cartera a la butxaca. Just un instant després de tancar la porta del pis, m'adono que m'he deixat les claus dins. En passar per la porteria, tusto a la porta.

—Senyora Remei, senyora Remei! Soc jo, en Dídac.

—Què passa, fill?

La senyora Remei va amb un davantal i amb les mànigues de la brusa arremangades fins al colze. Casa seva fa olor de lleixiu i de brou. Unes cortinetes florejades, molt netes, pengen de la finestra que s'obre al vestíbul de l'edifici. La dona, alta i grossa, ens mira esglaiada.

—Déu meu! Què li passa a la meva petita?

—Ens n'anem a l'hospital de la Mare de Déu Blanca, senyora Remei. L'hi dic per si veu la mare, que no la trobo. Ah! I m'he deixat les claus dins el pis.

—Per això no t'amoïnis, que jo en tinc un joc. I com anireu a l'hospital? Vols que el meu marit us hi porti amb el cotxe? Ara està fent la migdiada, però el desperto i en…

—No, no, ara ve una ambulància.

—Verge santa! Una ambulància? Però què li passa a la criatura?

—No ho sabem. Té molta febre i li costa respirar.

—I la teva mare ves a saber on és, oi?

—Doncs sí.

—Ai, Mare de Déu! Els teus pares no saben quin fill tenen, no, senyor. I la Marlene ja se n'ha anat al seu país, oi? L'he vist sortir fa una estona.

—És a l'aeroport, a punt d'embarcar.

—Se'n deu haver anat amb remordiments, veient com estava la nena.

—La nena estava perfectament quan la Marlene se n'ha anat —responc, una mica molest.

La senyora Remei és molt bona persona, però una mica tafanera, tot i que no tinc res contra ella perquè, de menut, quan la Marlene encara no treballava per a nosaltres, vaig passar moltes tardes a la minúscula porteria, fent els deures o jugant amb l'Andreu, el petit dels seus quatre fills i amb el qual em porto només uns pocs mesos, esperant que el pare o la mare tornessin a casa. Més d'un vespre, fins i tot vaig sopar amb ells. I, en un parell d'ocasions, m'hi vaig quedar a dormir, en vista que els pares no es presentaven.

La senyora Remei repassa la Gabriela de dalt a baix i sense cap pudor.

—Quina amiga més guapa que tens, Dídac!

—Li presento la Gabriela, senyora Remei.

—Molt de gust, noieta. Em sembla que t'he vist passar alguna vegada per davant de la porteria, quan vas a casa d'en Dídac.

—Pot ser —respon la Gabriela, sense gaires ganes—. Acostumem a fer junts els treballs de classe.

Els set o vuit minuts que m'han dit els de l'ambulància sembla que s'allarguin indefinidament. Però miro el rellotge i només n'han passat cinc. Tinc els nervis en tensió, el cor em batega descompassadament i la suor em rellisca pel front. La Gabriela, amb la Mafalda en braços, sembla més tranquil·la, tot i que mira sense parar cap al carrer a través de la porta de vidre.

—Què faràs? —li pregunto, intentant donar l'esquena a la senyora Remei, que no se separa del nostre costat.

—Què vols dir?

—Que si tens pressa, o vols anar al cine, no cal que vinguis a l'hospital. Ja t'he espatllat prou la tarda.

—Que poc que em coneixes, Dídac! Tu em veus anant al cine, ara, amb la Mafalda com està i tu més sol que la una?

—Així es parla, bonica, sí senyor! —l'anima la senyora Remei, donant-li un copet a l'esquena—. Quina noia més maca! Escolta..., ara que et veig així, més de prop que les altres vegades, saps que em recordes algú? Tu no deus haver sortit algun cop per la televisió? La teva cara em sona moltíssim.

La Gabriela és el viu retrat de la Patricia Halcón, la seva mare exmodel que surt a tota hora als programes més vistos per un determinat tipus d'audiència i del qual la senyora Remei forma part amb tota seguretat. I la Patricia Halcón també és sovint portada de les revistes que acostuma a llegir. No és gens estrany que la cara de la Gabriela li soni. Però no penso dir-l'hi. Ni crec tampoc que la Gabriela ho faci.

—Doncs no ho sé, em dec assemblar a algú que vostè coneix... —esquiva la meva amiga, amb rapidesa i brevetat.

—Deu ser això —admet la senyora Remei, sense acabar de creure-s'ho.

Tot d'una, sentim la sirena insistent de l'ambulància que s'acosta per l'avinguda. I, en un instant, veiem que s'atura davant del portal, en doble fila, entorpint el pas dels vehicles. Tres sanitaris, un home i dues dones, amb camisa blanca i armilla reflectant de color taronja, surten corrent del vehicle. La Gabriela i jo ens acostem a la porta. La senyora Remei se'ns avança i l'obre de bat a bat.

—De pressa, que està molt malalta! —exclama amb veu angoixada.

Una de les dones agafa la Mafalda en braços.

—Soc la doctora Cedeño. I els pares de la nena? —pregunta, mirant-me.

—Soc el seu germà. Els pares no hi són.

—Però deuen estar avisats, suposo.

—Jo me n'encarrego —anuncia la senyora Remei—. Vostès afanyin-se, per l'amor de Déu.

—Un metge amic de la família, el doctor González-Peiró, ens espera a les urgències de l'hospital de la Mare de Déu Blanca —aclareixo.

—D'acord. Si és així, no hi ha cap problema.

Però penso que, si no ens esperés cap metge, tampoc hi hauria d'haver cap problema a l'hora d'atendre la Mafalda. Però desisteixo de preguntar res a aquesta metgessa seriosa i desagradable. L'altra ens diu que és infermera. Sembla més dolça i, somrient, ens pregunta:

—Vindreu tots dos?

Miro la Gabriela i veig que fa que sí amb el cap.

—Senyora Remei, em farà el favor d'anar trucant als pares? Ja té els números, oi? Jo també ho aniré provant.

—Ves tranquil, que jo estic alerta. I digue'm alguna cosa quan sàpigues què té la nena, d'acord?

—No pateixi.

La doctora Cedeño ha pujat la Mafalda a l'ambulància i l'ha deixat amb molta cura en una llitera. La infermera comença a amollar els cables d'una mascareta d'oxigen. El conductor ens indica els seients del davant a la Gabriela i a mi.

—Poseu-vos el cinturó.

Tanquen les portes i sona la sirena. L'ambulància arrenca a tota pressa. La senyora Remei, des del portal, ens fa adeu amb la mà.

Aquest dissabte de juny cau un sol de justícia sobre l'avinguda de til·lers verdíssims i de circulació intensa. Amb el soroll de la sirena, alguns veïns han tret el cap per les finestres i els balcons. Al voltant de la senyora Remei, un grupet de persones intenta esbrinar què ha passat. Algú, ho sé segur, mourà el cap i dirà: «No, si ja se sabia, que algun dia passaria alguna cosa i els pares ni se n'assabentarien. Llàstima de criatures».

La mà de la Gabriela em llisca pel braç i aviat sento la pressió suau dels seus dits entre els meus. La miro, i el seu somriure és com una exhalació d'aire fresc en aquesta tarda endimoniada.

—Tot anirà bé —xiuxiueja.

—I tant.

5. *Embús*

Dissabte, 23 de juny. 18.22 h. Ambulància, camí de l'hospital de la Mare de Déu Blanca.

Mai havia anat en ambulància. En general, els altres vehicles s'aparten i cedeixen el pas. Només he vist un motorista que, en detectar-nos, ha intentat fer una cursa amb nosaltres. Però de seguida l'hem deixat enrere.

—Imbècil! —ha remugat el conductor.

La sirena sona i els llums encesos van girant. Agafem les cruïlles a una velocitat de vertigen. La Gabriela i jo anem botant al seient. De cop, sense gairebé intuir-ho, ens quedem atrapats en un embús. Els vehicles estan aturats, alguns conductors han baixat dels cotxes i increpen un grup de manifestants que han tallat el carrer unes dues o tres illes de cases més enllà.

—Ramon, fes-t'ho com vulguis, però aquesta nena ha d'arribar a l'hospital de pressa —sento que diu la doctora Cedeño, des de la cabina del darrere.

Una mampara de roba verda separa les dues cabines. No veig les sanitàries ni la meva germana, però se sent tot.

—Més oxigen, Lola, el nivell en sang és molt baix. Ramon, accelera.

—No es pot! Hi ha un embús!

—Com t'hi has ficat, aquí?

—Jo què sé!

Miro la Gabriela, espantat, sense dir res. Li estrenyo la mà. I ella també me l'estreny i continua somrient, però els seus ulls delaten la por que té. Mentrestant, la metgessa dona el comunicat mèdic a en Ramon:

—Tenim una saturació d'oxigen en sang del noranta per cent. Es tracta d'una hipòxia severa. Hipoventilació global, espiració allargada, amb sibilàncies espiratòries i subcrepitants. Truca a l'hospital per fer-li plaques així que arribem.

—Els truco, però no sé com sortirem d'aquí.

—Podem mantenir l'aportació d'oxigen a l'ambulància, però es tracta d'una nena de divuit mesos, Ramon. Tot és molt petit dins d'aquest cosset, m'entens, oi?

—És clar.

El llenguatge mèdic sembla, de vegades, un llenguatge críptic, com si estigués codificat expressament perquè els familiars dels pacients, o els pacients mateixos, no s'assabentin de res. No entenc bé el que diuen, però intueixo que no és gaire bo.

—Puc trucar pel mòbil? —pregunto al conductor.

—Primer deixa que jo truqui a l'hospital, d'acord?

En Ramon es posa en contacte amb urgències a través de l'equip telefònic de l'ambulància i repeteix el diagnòstic de la doctora. Afegeix que som en un embús.

—Truqueu a la guàrdia urbana i comuniqueu-los que hi ha una ambulància amb un nadó en estat crític atrapada en l'embús de la manifestació. Potser poden fer alguna cosa. Insistiu que el cas és greu, així es posaran les piles més de pressa.

Quan em dona permís per trucar, intento localitzar un altre cop la mare. És inútil.

—I no saps on pot ser? —em pregunta la Gabriela.

—Mai li pregunto on va. No m'interessa gens la seva feina. L'odio.

El conductor em mira amb sorpresa, però no em diu res.

Ho provo amb Milà, i el resultat és el mateix. Llavors truco a la Marlene, pregant perquè l'avió encara no s'hagi enlairat.

—*¿Dídac?*

—Marlene, com és que encara ets a l'aeroport?

—*¡Ay, no sé, mi niño! El avión, que se ve que lleva retraso, ya te lo dije. ¿Y mi Mafalda?*

—Ja som a l'ambulància, camí de l'hospital.

Prefereixo no dir-li res de l'embús.

—*¿Y qué tiene?*

—No ho sé, no ho entenc. És una cosa dels pulmons, no respira bé. El metge que em vas dir ens espera a urgències.

—*Tú tienes que estar tranquilo, ¿me oyes, mi cielo? Ahora ya está en manos de los doctores y todo se arreglará. ¿Estás bien?*

—Sí, sí, ara ja sí —menteixo.

—*Así me gusta, que seas valiente.*

—Bé, t'aniré trucant fins que vegi que no em respons, cosa que voldrà dir que ja voles cap a Guatemala, et sembla?

—*Me parece fantástico, mi amor.*

—Fins ara.

—*Hasta entonces, mi vida. Un beso.*

No avancem gens. A més dels vehicles embussats, hi ha gent pertot arreu, amb pancartes i xiulets, que es dirigeixen cap al nucli de la manifestació. No sé de què protesten ni m'importa. En Ramon continua fent sonar la sirena i, davant nostre, alguns coses fan l'impossible per deixar-nos passar.

—Si poguéssim arribar fins a aquell carrer de la dreta —remuga el conductor—, giraríem per allà i fugiríem de l'embús. Però falten uns metres i no sé si...

No se sent res des de la cabina on tenen la Mafalda. Només de tant en tant, la infermera dona algunes dades:

—Saturació baixant. Respiració amb retracció supraesternal i subcostal en augment. Temperatura estable.

Alguns vianants intenten ajudar-nos apartant motos i bicicletes aparcades, potser perquè puguem passar per la vorera. És de bojos. El so insistent de la sirena, els xiulets, la cridòria, els clàxons dels cotxes, tot sembla que s'hagi posat d'acord per organitzar un gran concert de despropòsits. Tinc calor i vertigen. Em suen les mans i el front, i noto una opressió molt gran dins el pit. Estic marejat com una sopa.

—Dídac, què et passa? —em pregunta la Gabriela, mirant-me fixament—. Estàs més blanc que la xapa d'aquesta ambulància.

—Vaja! —exclama el conductor, que també m'observa—. Senyores! —crida a la metgessa i a la infermera—. Aquí davant tenim un altre malalt.

La doctora Cedeño treu el cap per una banda de la mampara verda.

—Tens ganes de vomitar? —em pregunta.

—No.

Em passa la mà pel front i, tot seguit, em busca el pols.

—M'agradaria prendre't la pressió —diu—. Tens les pulsacions una mica disparades. A veure, et pots aixecar?

—Ja em passarà, doctora —li dic—. Estiguin per la meva germana, que jo ja m'apanyo.

—Òndia! Et dic que vinguis ara mateix! —deixa anar la doctora Cedeño, amb el front solcat per una pronunciada arruga que li dona un aire tenebrós, com de funeral.

Com puc, m'aixeco del seient del davant i passo a la cabina. A la llitera, veig la Mafalda, que segueix amb els ulls tancats. Se la veu tan petita enmig d'aquest llençol! Té una mascareta d'oxigen i la infermera li ha obert una via en una vena de la mà. Quina llàstima que em fa! I els pares sense donar senyals de vida!

—Seu aquí —m'ordena la metgessa.

I m'assec en una mena de tamboret que està cargolat al xassís de l'ambulància.

La dona em pren la pressió i em torna a comprovar les pulsacions.

—És l'inici d'un atac d'angoixa —em diu ara, amb un indici de suavitat a la veu—. Et donaré alguna cosa perquè et tranquil·litzis, d'acord?

Però li dic que no.

—Això em farà dormir —protesto—, i necessito estar ben despert per cuidar la Mafalda i per avisar els pares.

—No siguis ximple —em respon la doctora Cedeño—. No et donaré res per deixar-te fora de combat,

Déu me'n guard. Només et calmarà una mica. Si no, aquesta molèstia que tens ara al pit se t'anirà fent més i més gran, m'entens? I de la Mafalda, ja ens n'encarreguem nosaltres, no et preocupis. Ets al·lèrgic a cap medicament?

Li dic que no.

—Doncs va, pren-te aquesta pastilla.

Em dona una píndola petita de color rosat i un got amb una mica d'aigua.

—No em quedaré adormit, oi? —insisteixo.

—Que no, pesat. D'aquí a uns minuts et trobaràs molt millor.

Em prenc la pastilla i la metgessa em demana que torni al seient del davant, al costat del conductor i de la Gabriela.

—Com està la meva germana? —pregunto abans.

—Estable. Però hauríem d'arribar a l'hospital com més aviat millor. Ramon, i els guàrdies que ens havien d'obrir pas arriben o no arriben?

—Doncs no els veig per enlloc.

—Insisteix-hi.

—De seguida.

En Ramon ara no truca a l'hospital, sinó directament a la central de la guàrdia urbana. Els explica la situació i recalca que és greu.

—Em diuen que ja venen —anuncia quan talla la comunicació—. Que fa uns minuts que ja els han avisat de l'hospital i que no trigaran.

Per part meva, torno a trucar als pares. Però continuen sense respondre. I de sobte apareix una mena de finestra als meus records i em sembla viure una situació que ja conec. L'escenari és totalment diferent, però la sensació d'abandó, o de tustar a la porta d'un indret buit, és la mateixa. Va passar després d'un entrenament de bàsquet. Tenia sis anys. Tots els nens ja se n'havien anat, els havien anat a buscar els seus pares o els pares d'altres nens. Només quedàvem l'entrenador, jo i l'encarregat del poliesportiu, que estava apagant els llums. Al cap de mitja hora d'esperar-nos sense que ningú vingués a buscar-me, l'entrenador em va dir que si li deia on vivia, ell m'hi acompanyaria. A casa, els pares celebraven un aperitiu amb uns amics. S'havien oblidat totalment de mi. Un any més tard, va passar el mateix, però a l'escola. Aquell dia vaig sortir parlant amb uns amics i cap mestre se'n va adonar. Quan van tancar l'escola, em vaig quedar tot sol al carrer, assegut en un banc fins que es va fer fosc. No tenia mòbil encara, no tenia diners, no tenia res. Només unes intenses, enormes, furioses ganes de plorar. Per casualitat, va passar la mare d'un dels meus amics, que venia de comprar. En veure'm allà tot sol, em va demanar el número de telèfon de casa, hi va trucar i ningú va respondre. Va estar a punt de trucar també a la policia, però ho va reconsiderar i em va portar a casa seva. Em va convidar a sopar i vam menjar plegats, el meu amic, els seus pares i jo. Recordo que vam prendre sopa d'estrelles i pollastre arrebossat. De postres, crema. La dona va estar trucant a casa meva fins gairebé les onze de la nit, sense cap resultat. Aleshores se'm va acostar i em va dir que no em preocupés, que l'endemà tot s'arreglaria. L'endemà al matí no es va arreglar res, perquè els meus pares encara no havien aparegut. Jo me'n vaig anar a l'escola amb el meu amic, mentre la seva mare insistia que tot s'arreglaria. A la tarda, el pare m'estava esperant davant l'escola, somrient, despreocupat i, a la seva manera, feliç. Quan li vaig explicar el que havia passat, es va posar les mans al cap. Entre la mare i ell s'havien confós i cada un va pensar que m'aniria a recollir l'altre. Com que cap dels dos havia dormit a casa, que no sé ni m'importa on ho van fer, no es van assabentar de res. Quan van passar aquests dos fets, la Marlene encara no vivia amb nosaltres. I la Mafalda no havia nascut.

La llista no s'acaba aquí. Aniversaris en solitari i dies de Reis sense cap regal perquè cap dels dos, deien, havia tingut temps per anar a comprar també formen part dels meus records. Quan la Marlene va arribar, se'm va acabar la solitud i l'abandó. Però les distraccions, les desaparicions i els oblits dels pares, no. I així fins avui.

—No responen? —em pregunta la Gabriela amb una veu plena de tendresa.

—Ves a saber per on són...

—Per fi! —deixa anar tot d'una en Ramon.

Una parella de motoristes de la guàrdia urbana s'acaba de posar al nostre costat. Ens saluden des de fora amb la mà al front. Un d'ells s'apropa a la finestreta d'en Ramon.

—Ara mateix ho solucionem, no es preocupin. Com està, el nadó?

—La metgessa diu que és imprescindible que arribi a l'hospital com més aviat millor.

—Doncs som-hi!

6. Avions

Dissabte, 23 de juny. 18.53 h. Ambulància, camí de l'hospital de la Mare de Déu Blanca.

Els motoristes dirigeixen els conductors que són a l'embús perquè facin un forat entre els vehicles i pugui passar l'ambulància. No és una tasca gens fàcil, n'hi ha molts, estan molt atapeïts i no hi ha prou espai per maniobrar. Però tothom posa interès per aconseguir-ho i al cap d'uns minuts queda obert un camí molt estret, gairebé fregant els cotxes, pel qual en Ramon condueix l'ambulància amb precaució. Un cop som a l'altura del primer carrer que desemboca en el que ens trobem, els guàrdies, muntats a les motos, fan sonar també les sirenes i ens precedeixen en un recorregut de bogeria, de tan veloços que anem.

La pastilla que m'ha donat la doctora Cedeño deu començar a fer efecte, perquè em sento com si flotés. La suor i el mareig han desaparegut. La pedra dins el pit encara hi és, però una mica més tova. La Gabriela no em deixa anar per res del món i l'hi agraeixo. És l'únic que em consola ara mateix. La seva mà i la rapidesa de l'ambulància camí de l'hospital, que sembla que voli.

De cop, em sona el mòbil i el cor se'm desboca. Com un llamp em passa pel cap que potser el pare o la mare s'han adonat de la quantitat de trucades perdudes que els he fet. Però, en consultar la pantalleta, llegeixo el nom de *Marlene*.

—*¿Dídac?*

—Sí, soc jo, digues.

—*¿Has podido comunicarte ya con tus papás?*

—Ni en somnis.

—*Pues yo he llamado a María Elena Campuzano.*

—I aquesta qui és?

—*Una compañera de trabajo de tu mamá, la productora del programa, creo, o no sé qué. De casualidad, tenía su número en mi móvil, de una vez que tuve que llamarla para no recuerdo qué cosa.*

—I què t'ha dit?

—*Ahora no te enfades ni te asustes, mi amor.*

El cor em batega deu vegades més de pressa que fa un moment, quan he sentit el mòbil.

—Què ha passat, Marlene? On és la mare?

—*No le ha sucedido nada, tranquilo. Se ve que la han llamado para que se fuera corriendo a Nápoles, a solucionar unas gestiones para la retransmisión de aquella boda que te dije que es para el otro fin de semana, y ahora vuela hacia allá.*

—Que va cap a Nàpols? —crido, sense poder contenir-me—. I amb qui se suposa que havia de quedar-se la Mafalda tot aquest dissabte i tot aquest diumenge? A veure, digue'm. Ella sabia que tu te n'anaves i que el papa és a Milà, oi? I quan pensava dir-m'ho? Jo podria haver tingut els meus plans. Que no soc cap cangur!

Veig que en Ramon, de tant en tant, em llança mirades entre sorpreses i curioses. La Gabriela m'acaricia els dits de la mà, perquè em calmi. I la doctora Cedeño, des de la part del darrere, deixa anar:

—Els crits no ajuden gens. Aquí necessitem pau, d'acord?

—Perdó —dic.

S'instal·la un silenci a l'altra banda del telèfon mòbil.

—Marlene?

—*Estoy aquí.*

—I deixant de banda que la mare vola a Nàpols, què més t'ha dit aquesta dona? Sap com localitzar-la?

—*Pues claro, en cuanto aterrice y conecte el móvil, ella se lo cuenta todo. Nápoles* no *debe de estar muy lejos.*

—No ho crec. Potser tres hores.

—*Pues cuenta con que tu mamá te va a llamar en este tiempo.*

—Ja, però ella serà allà i nosaltres aquí.

—*Eso sí, mi vida, pero podrás contarle lo que ha ocurrido y tal vez te diga qué puedes hacer.*

—Segur —dic amb decepció.

On necessito la mare és aquí, al meu costat, al meu costat perquè s'ocupi de la Mafalda, i no enmig de la Mediterrània fent gestions per a la retransmissió del casament d'algun famós de pacotilla.

—I el teu avió? —pregunto a la Marlene.

—*¡Ojalá lo supiera!* —sospira la dona.

—Però no us en diuen res?

—*Lo último, que dentro de una hora vamos a embarcar, que han tenido problemas con la conexión de Londres, que se ve que allí hay huelga de no sé qué.*

—Vaja, em sap greu.

—*Más lo sentirán mis tres pequeños tesoros, cuando vean que me retraso, pero qué le vamos a hacer.*

Si el pare és a Milà, si la mare vola cap a Nàpols i si la Marlene està a punt d'embarcar cap a Guatemala, no em queda altre remei que trucar a la tieta Bel, penso. A l'hospital, segur que m'exigiran que hi hagi algun adult que es responsabilitzi de la Mafalda, per si s'hagués de prendre una decisió important o alguna cosa semblant. No hi entenc gaire, però em temo que això és el més lògic.

—Marlene, no et preocupis per nosaltres, em sents? Ja arribem a l'hospital i segur que allà tot serà més fàcil.

—*Claro que sí, mi amor. Tú habla con el doctor amigo de tu papá. ¿Lo harás? Él te va a aconsejar, ya lo verás.*

—Va, penja, que això et sortirà molt car.

—*Un beso para ti.*

—I dos per a la mama preferida del món mundial.

—*Bobo.*

—Ximpleta.

Penjo. La Gabriela, que ho ha entès tot, em diu:

—La Mafalda no sap com n'és, d'afortunada, de tenir un germà com tu.

—Au va.

Un somriure lleu s'escapa dels ulls verd molsa de la Gabriela, que m'atrapa i m'embolcalla i m'acaricia fins a la part més profunda del meu ser.

—Joves —ens anuncia el conductor de l'ambulància—, ja hem arribat.

I amb una destresa impecable creua l'àmplia porta d'entrada a l'hospital i se'n va volant a la zona d'urgències. Quan el vehicle s'atura, els dos policies, que han arribat uns segons abans que nosaltres, baixen de les motos i s'afanyen a obrir la porta del darrere de l'ambulància.

7. Metges

Dissabte, 23 de juny. 19.07 h. Hospital de la Mare de Déu Blanca.

Per fi la sirena de l'ambulància ha emmudit i, de sobte, em sembla que l'aire és més net i més fresc, i que totes les coses són diàfanes.

—Dídac Martí?

Un home de l'edat del pare, encara que amb més cabells blancs i una mica més alt, amb bata blanca, se m'acosta amb la mà estirada. Ara que el tinc al davant, recordo que l'he vist alguna vegada, potser a casa meva, o potser a la seva, però jo era molt petit aleshores.

—És el doctor González-Peiró?

—Digue'm Jordi. Com has crescut, noi! L'última vegada que et vaig veure devies tenir no més de set o vuit anys. Va ser en aquell torneig de golf que...

—La meva germana..., no sé què té —tallo, rotund, tot i saber que puc semblar mal educat—, està refredada, però fa una hora, o més, no ho sé, he notat que no respirava bé.

—De moment, ens l'emportem per fer-li unes radiografies —respon el metge, que ha entès la meva indirecta a la perfecció—. Jo no soc pediatre, però n'hi ha un de guàrdia que l'està esperant. Mentrestant, passa per la recepció d'urgències per donar les seves dades i espera't a la sala. D'acord?

—Em sap greu si l'he fet deixar alguna cosa. L'hauria pogut portar igualment aquí sense molestar-lo.

—No és cap molèstia. I tracta'm de tu, si us plau, que el teu pare i jo som gairebé com germans.

Li faig que sí amb el cap.

—Què dus a la bossa? —em pregunta, així que observa que porto penjada a l'espatlla la bossa de la Mafalda.

—El xarop que pren la meva germana, el seu peluix, un pijama, coses seves.

—Perfecte, me l'emporto. Tu ara no et preocupis de res. Només intenta localitzar els pares, d'acord?

Li dic que sí, mentre ja s'allunya rere la doctora Cedeño, que porta la Mafalda en braços.

En uns segons, desapareixen tots per l'entrada d'urgències.

En Ramon i la infermera, a qui en algun moment m'ha semblat que anomenaven Lola, ordenen l'interior de l'ambulància. M'hi acosto per donar-los les gràcies.

—De res, noi —em respon en Ramon—. És la nostra feina.

—Tens una germana preciosa —diu la Lola.

—I amb molta sort —afegeix en Ramon picant-me l'ullet—. No tots els joves de la teva edat es queden a casa per cuidar de la seva germana malalta un dissabte a la tarda, tu ja m'entens. Ah! I segur que els teus pares apareixeran, ja ho veuràs.

Em pica l'esquena amb el palmell, com si em volgués animar. I enfilant-se de nou a la part del davant de l'ambulància, es posa a maniobrar per sortir del recinte. La Lola, al seu costat, ens fa adeu amb la mà.

La Gabriela m'apressa perquè anem a la recepció a donar les dades de la Mafalda. Tinc la sensació de ser un turista en un país estranger. Els rostres que veig, els dels infermers, els dels portalliteres, els dels familiars i coneguts dels pacients que entren i surten de l'hospital sense parar, són rostres desconeguts, freds, com absents. No reconec res, ni aquests rostres, ni el lloc, ni el jardí que envolta l'hospital, ni aquest cel tan estirat de la meva ciutat en aquesta tarda de juny. Només hi ha la Gabriela, amb la seva veu ferma i la dolçor de la mà al meu braç.

—Dídac, anem.

Em deixo portar per la Gabriela. Com un turista que, a més, desconeix l'idioma que es parla al país que visita. I penso que és la pastilla que m'ha fet prendre la doctora Cedeño, que fa que ho vegi tot com en un somni. La pedra dins el pit, això sí, ja gairebé s'ha desfet.

Rere el taulell, una infermera morena, amb ulls de color de xocolata, introdueix en un ordinador les dades que apareixen al llibre de salut de la meva germana. Sembla una mica avorrida i la seva mirada, quan em parla, es perd per la porta vidrada que dona al jardí.

—I els pares de la nena?

—Soc el seu germà.

—I els pares de la nena? —repeteix, sense deixar de rastrejar el món a través dels vidres.

—Estem intentant localitzar-los —deixa anar la Gabriela, al meu costat.

—També ets germana de la nena?

—No, jo soc una amiga.

—L'ingrés a urgències ha de fer-lo un adult.

—Doncs ja ho veu... —s'impacienta la Gabriela—, aquí no hi ha cap adult. Ja li he dit que vindran així que els localitzem.

—Poso que ha ingressat, perquè la nena ja és a dins, però no cal que firmeu res perquè no tindria validesa. Així que arribin els pares, m'aviseu.

Amb un gest, ens assenyala la sala d'espera, que és enorme, plena de cadires en filera, com si fos el ventre d'un avió de passatgers. Hi ha força gent esperant notícies dels familiars ingressats. Hi veig persones grans, un grup de joves, famílies, dones soles. Hi ha dos mecànics, encara amb les granotes de feina, molt seriosos, en silenci, amb la vista clavada a terra. També hi ha alguns nens que esvaloten el galliner, pujant i baixant de les cadires, o corrents. Malgrat els innombrables rètols que demanen silenci, grans, acolorits i penjats de les parets i de les portes, hi ha un munt de converses, algunes en veu força alta, que floten en l'aire.

La Gabriela i jo ens asseiem en dues cadires contigües, molt a prop dels finestrals a través dels quals es veuen alguns retalls del verd del jardí rosegats per la lluïssor metàl·lica d'una infinitat de cotxes aparcats. Més enllà de la tanca, flueix incessant la tarda d'un estiu incipient.

—La Mafalda és forta —em xiuxiueja la Gabriela, després d'uns llargs minuts de silenci.

Hi ha una màquina de begudes a recepció, al costat del taulell de la infermera amb ulls de color de xocolata. Pregunto a la Gabriela si vol res. Em diu que no. M'aixeco per anar a buscar una ampolla d'aigua. Tinc la gola seca, potser per l'efecte de la pastilla. O pels nervis, no ho sé. Abans de tornar amb la Gabriela, em bec gairebé tota l'aigua, dret, mirant a través de la porta vidrada com arriba una altra ambulància, com pugen i baixen persones apressades per les escales exteriors, com van i venen cotxes sense parar. Veig entrar i sortir de l'edifici metges amb bates blanques i fonendoscopis penjats al coll que venen o van a altres edificis adjacents, infermers afanyant-se i d'altres que surten a prendre una mica l'aire o a fumar un cigarret d'amagat. Veig un pare que porta en braços un nen amb un guix a la cama acabat de posar.

Torno a trucar a Milà. Res. Amb la mare ja ni ho torno a provar. I a la Marlene no la vull preocupar més. Que pugi a l'avió, que travessi l'oceà i que abraci els seus fills, que és el que li toca.

—Dídac…

En Jordi m'ha agafat quan creuava la porta de la sala d'espera.

—Dídac, ja hem fet les radiografies a la Mafalda. Falten unes altres proves, però de moment sembla una bronquiolitis. Té un pinçament aeri sever i ha arribat a uns nivells d'oxigen en sang una mica alarmants.

—Què és, un pinçament aeri? —pregunto, amb l'ai al cor.

—Diguem que és una retenció d'aire al pulmó. No vull atabalar-te amb terminologia mèdica, només dir-te que ens la quedarem. De moment, estarà a cures intensives. D'aquí a unes hores, potser demà, la passarem a planta.

—La puc veure?

—Ara no. Està amb oxigen i, com ja t'he dit, hem de fer-li més proves.

—Però deu voler algú conegut al seu costat, potser es posarà a plorar si no em veu.

—Està ben atesa, no et preocupis. Tu intenta localitzar els teus pares, d'acord? És indispensable que una persona adulta se'n faci càrrec. Si no, haurem d'avisar els serveis socials. Un menor d'edat no pot estar ingressat sense un adult que se'n responsabilitzi. Sí, ja sé que ets el seu germà, i que el teu pare per a mi és com si fos de la família. Però soc metge d'aquest hospital i legalment no em puc responsabilitzar de la Mafalda. Ho entens, oi?

Doncs no. No entenc res.

—Algú ha de respondre per ella —prossegueix el metge—. És un assumpte més seriós del que moltes persones creuen.

—I què podem fer? —pregunta la Gabriela, que, en veure que parlava amb el metge, s'ha apropat fins a nosaltres.

—De moment, només esperar —respon en Jordi—. I localitzar algú de la família, o algun conegut extern a l'hospital perquè vingui a firmar l'ingrés. Això és urgent, sobretot si el cas es complica i necessitem autorització per al que sigui. No vull que t'espantis, Dídac, perquè la nena és forta i sembla tenir bones defenses. Però mai se sap...

Tant la Gabriela com en Jordi em diuen que la Mafalda és forta. Què saben ells? Què sap la Gabriela de la meva germana? Què sap aquest metge que diu que és tan amic dels pares, si només es coneixen de jugar de tant en tant algun partit de tenis o de golf o de compartir copes en algun sopar? Mai fins ara havia visitat la Mafalda.

—Et vindré a veure d'aquí una estona. No em penso moure de l'hospital fins que arribin el teu pare o la teva mare. M'has entès, Dídac?

Els metges, penso, de vegades es creuen que són com Déu. O com bruixots. I no són ni una cosa ni l'altra. Només uns homes i unes dones com els altres que, davant l'insalvable, no poder fer absolutament res.

—Jordi...

—Digues.

—A quin problema et referies abans, quan parlàvem del meu pare?

El metge em mira amb una mica de desconcert.

—Quan torni, ja t'ho explicarà ell mateix. Ara no hi pensis. Ara tots hem de pensar solament en la Mafalda, d'acord?

Tots menys els meus pares, que estan als llimbs, penso, tot i que responc:

—Entesos.

Se'n va, i jo em quedo amb un dubte creixent, que em neguiteja i em desassossega.

8. Ràbia

Dissabte, 23 de juny. 20.15 h. Hospital de la Mare de Déu Blanca. Urgències, sala d'espera.

Un home que ja era aquí quan nosaltres hem arribat ha anat fins al taulell i ara mateix està clavant una gran esbroncada a la infermera d'ulls de color de xocolata.

—Si no se'n va, hauré d'avisar els de seguretat —li diu la infermera, impassible.

—Per mi, com si avisa el Papa! No em mouré d'aquí fins que em diguin què té la meva dona!

—Faci el favor d'esperar a la sala, com tothom.

—Fa hores que espero en aquesta maleïda sala! Hem arribat a les quatre de la tarda! Em sent, senyora? A les quatre de la tarda! Fa més de quatre hores! I encara no m'han dit res! Vull veure un metge! Tinc dret a fer-ho!

Clava cops de puny al taulell de fusta i els seus ulls indiquen una profunda inquietud i molta ràbia retinguda. És alt i corpulent, i vesteix impecablement. Davant els crits, s'ha escampat un silenci contundent tant en la recepció com en la sala d'espera, que té les portes obertes de bat a bat. Els dos mecànics han alçat la vista del terra. Els nens que esvalotaven s'han assegut a les cadires, al costat dels seus familiars. Tres noies que parlaven incessantment no gaire lluny de nosaltres, i que de tant en tant reprimien el plor, han emmudit. Tothom mira i escolta l'home ben vestit que pregunta per la seva dona.

S'atansa un vigilant que fa uns moments era al costat de la porta d'entrada al jardí, gairebé al carrer. Se sent clarament com recomana a l'home que abaixi la veu, que és en un hospital. L'altre l'aparta d'una empenta, totalment fora de si, i intenta agafar el coll de la infermera, que es retira prudentment cap enrere. És una situació molt tensa i incòmoda. De sobte, d'una porta basculant amb un gran cartell de prohibit el pas per la part exterior, surten dos metges que demanen a l'home ben vestit que els acompanyi. El vigilant torna al seu lloc i, a la sala d'espera, es reprenen les converses, tot i que amb un to de veu més contingut.

—Però quin home més mal educat! —deixa anar una de les tres noies, que ja tornen a parlar sense parar.

Les tres tenen més o menys la mateixa edat que la Gabriela i jo i, pel que hem sentit, sembla que han portat una amiga que s'acabava de prendre un tub de pastilles per un desengany amorós. Esperen els pares de l'afectada. Estan molt nervioses i es comuniquen pel mòbil amb mig món.

Jo no crec que aquest home sigui un mal educat. Suposo que la tensió, l'espera i els nervis, tot barrejat, poden provocar situacions com aquesta i fins i tot pitjors. Jo mateix no sé què faré si passen les hores i continuo sense saber res dels meus pares. Perquè m'ha tornat la sensació de vertigen que tenia a l'ambulància. Quan en Jordi ha parlat de trucar als serveis socials si no apareixia un adult que es responsabilitzés de la Mafalda, m'ha caigut el món a sobre. Sort que hi havia la Gabriela, donant-me ànims i oferint-me la companyia que ara mateix tant necessito.

Una dona molt elegant, amb talons alts i camisa blanca per sobre d'uns pantalons texans molt ajustats, acaba d'entrar a la sala. Va de grup en grup preguntant alguna cosa. Quan arriba fins a nosaltres, em mira atentament i em diu:

—Tu deus ser el fill de la Mònica Escrivà. Ets clavat a ella.

Li dic que sí, molt sorprès. S'asseu al meu costat, m'agafa la mà i em diu amb una veu estrident i desagradable, massa aguda:

—Soc la María Elena Campuzano, companya de feina de la teva mare. M'ha trucat no sé qui, crec que la dona que teniu al vostre servei, preguntant per la Mònica. I m'ha explicat això de la teva germana.

—Ja ha arribat, la meva mare, a Nàpols? —la interrompo, deixant-li anar la mà.

—Estimat, em sap molt greu, però sembla que hi ha una tempesta tremenda —diu *tremenda* acompanyant-se d'uns gestos molt exagerats i obrint uns ulls com taronges—. He intentat posar-me en contacte amb la dona que m'ha trucat…

—Es diu Marlene.

—…No m'ha respost. M'havia explicat que estava a punt d'embarcar-se. Volia que em donés el teu telèfon per avisar-te, perquè tinc el de la teva mare, però el teu no. I com que m'havia dit que veníeu cap aquí, doncs aquí em tens. Me'n vaig, que m'esperen, però perquè ho sàpigues.

—Perquè sàpiga què?

—Doncs que hi ha una tempesta i que la teva mare encara és a l'avió.

—I que no poden aterrar a Nàpols? —pregunto, sense acabar de creure-m'ho.

—Doncs sembla que no. He trucat a una companya que ja és allà perquè, quan vegi la teva mare, li digui el que passa amb la nena, i m'ha dit que han desviat tots els avions.

—Cap on?

—No ho sé, estimat. Diuen que potser cap a Roma. Es veu que tot el sud d'Itàlia està sota una depressió, o com es digui, amb pluges torrencials i vents huracanats. Però és que, a més, hi ha vaga de controladors en no sé quin país i tot el trànsit aeri és un caos total.

Fa olor de perfum car i porta almenys un quilo de maquillatge a cada galta.

—I ara me'n vaig, que el taxi m'espera.

S'aixeca, però abans em fa dos petons i m'abraça molt efusivament.

—Per cert, com està la nena?

—Ofegant-se —deixo anar.

De sobte, la María Elena Campuzano em mira, molt seriosa. Després, assaja un somriure forçat.

—No ho deus dir de debò —aventura.

Al cap i a la fi, penso, ha fet el trajecte expressament per venir a explicar-me això i se l'hauria pogut estalviar perfectament.

—Està en mans dels metges, potser l'hauran d'ingressar —aclareixo.

—Mira, per si de cas, et dono el meu número. No sé què podré fer, però no està de més que el tinguis. Va, pren-ne nota.

I el poso de mala gana a la memòria del mòbil.

Quan ja enfila el camí de sortida, tot d'una es gira, i s'acosta un altre cop a nosaltres.

—A tu et conec —diu a Gabriela.

—No ho crec —respon la meva amiga, posant-se a la defensiva.

—Tu ets la filla de la Patricia Halcón.

—Somies —menteix la Gabriela, que tem el pitjor.

—I la germana de la Sofía.

—Au va.

—T'he vist amb la teva mare i la teva germana en alguns reportatges.

—T'equivoques.

—Tu ets la Gabriela Woodworking, la filla d'en Patrick Woodworking, el tractant d'obres d'art, i de la Patricia Halcón.

—Per favor... —sospira la Gabriela, que no sap cap on mirar.

—Em moro de curiositat per saber què fas aquí, amb el fill de la Mònica.

—Doncs ja et pots morir —renego.

La dona em sent i em llança una mirada plena de rancúnia.

—Deveu ser d'aquests joves que senten fàstic per la nostra professió. Però vull que sapigueu que, gràcies a nosaltres, viviu com viviu, tant l'un com l'altra, i que nosaltres només fem la nostra feina.

—Fot el camp —m'enfado i tot seguit m'aixeco de la cadira.

—Molta crítica, molt negativisme, que ja m'ho explica la Mònica, la pobra, que diu que estàs tot el dia acusant-la de no sé què, i bé que us n'aprofiteu.

—No saps de què parles —responc, furiós, a un pam del seu rostre maquillat.

Em dol que la mare parli de mi i de les nostres coses amb algú com aquesta dona.

—Dídac, deixa-la —m'aconsella la Gabriela, amb la veu fastiguejada.

—Jo només pregunto què fa aquí la filla de la Patricia Halcón. Potser a la teva mare li ha passat alguna cosa amb l'embaràs i us heu trobat aquí per casualitat. Està bé, la Patricia? Com que ja té una edat, potser…

—O te'ns vas o armo un sidral —amenaço.

I l'agafo del braç amb força. Vull obligar-la a sortir de l'hospital.

—Per què no em dones el teu número, noi? Així, si hi ha cap novetat sobre Nàpols, te'n poso al corrent.

—Tu al·lucines.

No vull per res del món que aquesta dona abominable em tingui localitzat.

—Deixa'm anar o aviso els vigilants —exclama la dona, amb fermesa.

—Doncs avisa —la desafio.

L'amiga de la mare em mira molt indignada i em sosté la mirada una estona llarga.

—Me'n vaig, però això no quedarà així —em diu, amollant-se.

Però, a mig camí cap a la porta, s'atura, es gira i pregunta a la Gabriela:

—Per cert, demà la teva germana fa divuit anys i sé de bona tinta que ha organitzat una gran festa per celebrar-ho. Creus que la teva mare ja es trobarà bé per acompanyar-la?

—Em sembla ridícul haver de recordar-te que som menors d'edat —diu ara la Gabriela, molt seriosa—, i que no ens pots obligar a respondre't res, ni a fer cap declaració. O sigui que guarda't les amenaces per a algú de la teva talla.

—Maleïda canalla —remuga la María Elena Campuzano, mentre creua la sala d'espera amb afectació—. Un altre dia, que em busquin per enviar missatgets. Faltaria més!

I se'n va, amb el seu perfum car i el seu olfacte depredador, a buscar preses a un altre lloc.

9. Crepuscle

Dissabte, 23 de juny. 20.45 h. Hospital de la Mare de Déu Blanca. Urgències, sala d'espera.

A través dels finestrals de la sala d'espera, contemplo un cel encès i un sol que es va apagant en el seu recorregut cap a l'horitzó. Aviat es farà fosc. En Jordi no ha tornat a sortir. La Gabriela s'ha quedat molt silenciosa després de les raons que hem tingut amb la companya de la mama. Fa estona que la Marlene no truca. Potser ja està volant rumb al seu país. No la vull molestar més. Encara no sé res dels pares.

Els mecànics ja han recollit el company ferit. Ha sortit en cadira de rodes, amb una cama enguixada. Han arribat els pares de la noia que s'ha pres un tub de pastilles i els han fet entrar amb presses. Les tres amigues també són allà, amb els ulls vermells. Ingressen un avi que treuen en llitera d'una ambulància, amb el sèrum posat; una dona gran l'acompanya. Hi ha unes quantes revistes d'aquestes que es coneixen com «del cor» en una tauleta. La Patricia Halcón és a la portada de totes, amb el mateix titular: «Patricia Halcón, embarassada?». Em pregunto a qui pot importar-li, quina classe de notícia és que una dona que no és ningú especial, ni una biòloga que ha descobert una vacuna contra alguna cosa dolenta, ni una reportera de guerra que es juga la vida, ni una química que lluita contra la contaminació del planeta, ni una ambaixadora de bons propòsits, ni una cuinera de renom mundial, ni una escriptora, ni una ballarina que es deixa la pell en cada actuació, estigui embarassada o no. En quina mena de món vivim, que generem notícies com aquesta per donar-les a la gent com qui tira carnassa a les feres? I després hi ha els programes televisius com el de la mare, en què treuen els draps bruts de tothom i duren hores i hores, i repeteixen sempre el mateix, donen crèdit a rumors sense fonament, es fiquen amb tothom, s'insulten i es vexen. I milions d'espectadors atents a aquest circ, sense perdre-se'l ni un sol dia. Quin fàstic de món! Mira que hi ha coses per fer i arreglar, i aquest ramat d'insensibles perdent el temps amb les seves estupideses. Se'm regira l'estómac cada vegada que ho penso, i després veig la Marlene, amb els seus problemes, amb els seus fills a l'altra banda de l'oceà, perdent-se els seus jocs, els seus somnis, els seus somriures, la seva vida. I tot, perquè no se li morin de gana, o de fred, o per donar-los una educació i que no acabin buscant-se la vida al carrer. Així voldria veure jo aquesta imbècil de la Campuzano, lluitant per treure endavant els fills a base d'esforç i dolor, i no intentant estirar la llengua a la Gabriela perquè li expliqui què fa un dissabte a la tarda a la sala d'urgències d'un hospital, acompanyant el fill d'una periodista que es guanya la vida explicant infidelitats, embarassos, addiccions i tripijocs de persones que no són ningú.

Estic rabiós. I dolgut. Perquè em sento abandonat. Encara que miro la Gabriela i hi ha una tendresa que lluita per sortir i ofegar el fàstic que sento ara mateix.

No sé què faré si no parlo amb el pare o la mare. Em demanaran que vingui un adult si fa falta operar la Mafalda, o fer-li un tractament o alguna cosa que necessiti autorització. Sí, em sento abandonat. I perdut.

De vegades voldria no ser tan responsable, tan «gran», com diu la Marlene, ni tan sensible. Voldria oblidar-me de tot, i divertir-me. Però no puc. No sé fer-ho. Sort que la Gabriela és amb mi. És fantàstica. No es mereix tenir una mare com la que té. Ni jo. Cap dels dos ens les mereixem. Però el món és així. D'una banda, hi ha la Marlene, carregant a les espatlles la seva vida sacrificada. I de l'altra, hi ha les nostres mares, amb les seves excuses repugnants: que «si la gent té dret a estar informada», que «si les notícies estan contrastades», que «si jo explico la meva vida és perquè hi ha persones que paguen per conèixer-la»... Quantes mentides, quants enganys, quanta comèdia. I la vida continua. I la Mafalda està malament. I jo soc a les portes d'una nit que no sé com acabarà.

Tot just s'han encès els fanals del jardí de l'hospital. Escampen una llum groguenca, com de pols en suspensió. I al cap em ve i em va sense parar allò del problema del pare, perquè no sé quin és.

10. Treva

Dissabte, 23 de juny. 21.10 h. Hospital de la Mare de Déu Blanca. Urgències, jardí.

Fa una estona ha sortit en Jordi. La Mafalda no millora. M'ha dit que el nivell d'oxigen en sang és molt baix i que no aconsegueixen recuperar-lo; que intenti contactar amb els pares sigui com sigui. O que truqui a algú de la família, o a algun adult que es responsabilitzi de la nena. O això, o es veurà amb l'obligació de trucar als serveis socials d'aquí a no res. I m'ha repetit que els menors no poden estar ingressats ni es pot iniciar cap tractament extrem sense una autorització. «Encara que s'estigui morint?», li he preguntat, amb una mica de ràbia. «Dídac, farem el que sigui, amb autorització o sense, però el protocol m'obliga a trucar als serveis socials si ningú ve. Em sap greu. No t'ho prenguis com una cosa personal. De debò que comprenc com et sents. Si em trobés en la teva situació, t'asseguro que em sentiria ben impotent».

Des del jardí tinc més cobertura i truco a la tieta Bel.

—Torna-m'ho a repetir, Dídac, i a poc a poc, que no m'he assabentat de res. Què li passa a la Mafalda?

La tieta Bel i la mare no es parlen. Van tenir una baralla molt forta per Nadal, enmig d'un sopar familiar. La tieta Bel li va dir que semblava mentida que, després de tants anys d'estudis a la universitat, es dediqués a perseguir notícies com les que dona, i que promovien la morbositat i la perversitat de la gent. La mare li va respondre d'una manera molt dura i li va retreure la seva falta d'ambició, la seva vida insípida, vulgar i gris; que si es conformava a ser una simple mestra d'escola i a treure els mocs a la canalla dels altres dia rere dia, no era el seu problema, però que a ella la deixés en pau. També li va retreure que, malgrat la seva vida tan regulada, tan legal i tan perfecta, no havia estat capaç de retenir el seu marit i conservar el matrimoni. Aquí es va passar un fotimer. Perquè la tieta Bel va patir molt quan l'oncle Josep la va abandonar, que va ser d'un dia per l'altre, sense cap mena d'explicació, i deixant enrere un nen de pocs anys, el meu cosí Toni, una hipoteca i una muntanya de factures sense pagar. La tieta Bel es va aixecar de la taula, estàvem sopant a casa nostra, va agafar en Toni de la mà i se'n va anar. No ha tornat a posar els peus a casa, però em va trucar pel meu aniversari i em va felicitar el dia que va saber que havia guanyat un premi de narració, convocat per l'Ajuntament. Ho va llegir al diari i es va afanyar a trucar-me. Un cop al mes vaig amb la Mafalda a casa seva i berenem amb ella i amb en Toni. La mare no ho sap.

—Quantes hores fa que ets a l'hospital?

—No ho sé, tres o quatre.

—I fins ara no m'has dit res?

—Pensava que podria contactar amb la mare o el pare.

—Ja.

—No t'enfadis.

—No m'enfado.

—M'agradaria que vinguessis. De fet, necessito que vinguis.

—Ho entenc. Dona'm uns minuts per veure amb qui deixo en Toni i vinc de seguida.

—Gràcies.

—No m'has de donar les gràcies de res.

—Gràcies. Gràcies. Gràcies.

—Necessites que et porti res? No ho sé, pijames per a la nena, bolquers, alguna cosa.

—Crec que no. Et necessito a tu.

—Ja vinc.

Tallo la comunicació i apareix la Gabriela amb dos entrepans i dues ampolles d'aigua freda.

—Ens els podem menjar aquí, al jardí. La infermera de recepció m'ha dit que ens avisarà si hi ha novetats.

Ja no és la infermera d'ulls de color xocolata, sinó la del torn de nit, més simpàtica, més guapa i més xerraire.

No tinc gana, però em sap greu ofendre la Gabriela, que ha anat fins a la cafeteria de l'hospital mentre parlava amb la tieta Bel, i començo a mossegar l'entrepà sense ganes. És de tonyina.

—Que t'estimes més aquest de formatge?

—Tant és. El de tonyina m'està bé.

—Hem de menjar, que la nit serà llarga.

—Ja ho sé —i m'he d'esforçar per no riure perquè, per un moment, m'ha semblat sentir una persona gran i no una noia de quinze anys.

—Vindrà la teva tieta?

—Sí.

La Gabriela menja amb afició. Li llisca una molleta de pa per la barbeta arrodonida. L'hi trec sense gairebé tocar-la.

—Et quedaràs? —li pregunto.

—Vols que em quedi?

—Sí.

—Em quedo.

I em somriu.

—No hauries de trucar a la teva mare? —li insinuo.

—No cal.

I no m'explica per què. Jo tampoc l'hi pregunto.

—Com és, la teva tieta?

—Una bona persona.

—Està casada?

—Ja no.

—Fills?

—Un, en Toni, un dimoniet de nou anys.

—M'agrada, que vingui la teva tieta.

—A mi també.

De mica en mica, mastego l'entrepà amb més afició, com si la imminent arribada de la tieta Bel m'alliberés d'una porció de nervis i d'angoixa. Una porció petita, gairebé ínfima, però suficient per empassar-me l'entrepà de tonyina sense gaire esforç.

Corre una brisa dolça entre els arbres del jardí de l'hospital.

Arriba una altra ambulància i les llums ataronjades i la sirena desbordant trenquen la calma d'aquest instant de treva.

11. Bel

Dissabte, 23 de juny. 21.45 h. Hospital de la Mare de Déu Blanca. Urgències, sala d'espera.

La tieta Bel i la mare no semblen germanes. La mare ha de vigilar molt la dieta, perquè té tendència a estar grassoneta i és alta, la qual cosa vol dir que hi ha molt lloc on dipositar tot allò que li entra de més al cos. Però va al gimnàs i es cuida moltíssim, sobretot des que surt tan sovint per la tele. La tieta Bel és nervi pur, prima fins als ossos, baixeta, ulls que guspiregen i mans llargues, de pianista. Però la seva veu contrasta per la seva dolcesa extrema. Quan la sento, sempre em sembla que parli en *play-back*, perquè la seva veu no s'acomoda al seu aspecte.

Entra com una exhalació per la porta vidrada d'urgències. Recorre amb una mirada ràpida la sala d'espera i em veu. Travessa la porta amb els braços estirats i les mans obertes. I, en un instant, em sento immobilitzat per un bombolleig de tendresa en forma de petons i de retrets suaus.

—M'ho hauries d'haver dit de seguida.

—Ja ho sé.

—Com heu vingut fins aquí?

—En ambulància.

—Tu sol amb la nena?

—I amb la Gabriela.

La Gabriela està parapetada darrere meu, silenciosa, prudent.

—Em feia companyia a casa quan la Mafalda s'ha posat malalta —aclareixo.

La tieta Bel li fa un petó sincer.

—Gràcies per acompanyar el meu nebot en aquesta situació.

La Gabriela somriu, sense dir res.

—I la nena? Què t'han dit els metges? Qui l'atén?

Li explico allò del doctor González-Peiró, com he contactat amb ell i l'últim diagnòstic.

—On la tenen?

—A cures intensives.

—La puc veure?

—A mi no m'han deixat. Abans de tot, hauries d'anar a recepció i dir que et responsabilitzes d'ella. Així es podrà firmar l'ingrés.

Hi anem tots tres. La tieta Bel firma els papers que jo he emplenat abans.

—Ara sí que és tot correcte —confirma la infermera, tot ficant-los en un sobre i deixant-lo en una safata on n'hi ha uns quants més.

—Ens agradaria veure-la —afegeix la tieta Bel.

—Em temo que de moment no és possible.

—O, almenys, parlar amb el metge.

La infermera, que devia tenir instruccions, parla per telèfon.

—Informeu el doctor González-Peiró que ha arribat un adult que es responsabilitza de la nena sense pares... Sí, la del germà.

Allò de «la nena sense pares» ha fet que el cor em bategui a mil. La tieta Bel ho ha notat i llança una mirada furiosa a la infermera.

—La nena sí que té pares —li etziba molt seriosa.

—Ho sento, no volia dir això, era perquè m'entenguessin —es disculpa, sense gaire vehemència—. Si us plau, s'haurien d'esperar a la sala. El doctor vindrà de seguida.

La tieta Bel ens agafa fort del braç, a una banda la Gabriela, a l'altra jo. Ens asseiem en tres cadires contigües. Hi ha un intercanvi constant de persones a la sala. N'arriben de noves i en desapareixen unes altres. Les tres noies ploroses ja no hi són

—Heu menjat res? Voleu un refresc?

«Quin alleujament, Déu meu!», penso, mentre noto la càlida companyia de la tieta Bel en aquest lloc sembrat de dubtes, d'interrogants i de mals presagis.

—Expliqueu-me com ha anat tot —continua.

Començo des de l'inici, des del comiat de la Marlene i el seu reguitzell de comandes: el pediatre de dimecres, el xarop, el pollastre amb ametlles; després, els plors de la Mafalda, les comunicacions telefòniques amb la Marlene, la trucada al metge amic de la família, l'ambulància.

—La senyora Remei! —exclamo, tot d'una—. Li he promès que li trucaria.

—Qui és la senyora Remei? —pregunta la tieta.

—La portera. Si no t'arribo a trobar, li hauria demanat a ella que vingués a fer l'ingrés de la Mafalda.

—Doncs truca-li, va, que deu estar neguitosa.

Li truco i em respon el seu marit. M'explica que se n'acaba d'anar en taxi cap a l'hospital.

—Es veu que no tenia el teu número —em diu l'home—, i estava que s'enfilava per les parets, dels nervis. Sort que ha sentit que deies als de l'ambulància que us portessin a la Mare de Déu Blanca. Si no, ja me la imagino trucant a tots els hospitals de la ciutat.

—Així doncs, ve cap aquí? —pregunto.

—Per l'estona que fa que se n'ha anat, deu estar per caure.

—Pobra! No calia que es molestés.

—Com està, la nena?

—Li estan fent proves.

—Espero que es recuperi aviat.

—I jo. Gràcies.

Penjo. I just en aquest moment, veig la figura alta i grossa de la senyora Remei que aparta d'un cop de mà una cadira de rodes buida que li barrava el pas i que entra en tromba a la sala d'espera.

12. Remei

Dissabte, 23 de juny. 22.05 h. Hospital de la Mare de Déu Blanca. Urgències, sala d'espera.

La senyora Remei s'ha assegut al meu costat, després d'abraçar-me i plantar-me dos petons sorollosos a les galtes. Fa la mateixa olor que casa seva, olor de lleixiu i de brou, però no em molesta, al contrari. Em dona una sensació increïble de pau i de seguretat.

—T'he dit que m'informessis de com anava tot —em retreu, picant-me l'ullet.

—Amb el tràfec, me n'he descuidat.

—Ho entenc.

Li presento la tieta Bel. Diu que la recorda de les vegades que ha anat a casa.

—Però ara fa temps que no la veia —afegeix.

—Pot ser —comenta la tieta Bel, sense donar explicacions.

—Les porteres solem tenir molt bona memòria visual. Es diu així? Segons qui, ho confon amb el xafardeig, però no és el mateix. De vegades se'ns demanen coses que, si no fos per aquesta qualitat, no podríem respondre. M'entén, oi? Miri, encara recordo la cara d'un carter que va deixar de repartir al nostre barri fa més de quinze anys. Doncs l'altre dia me'l vaig trobar al carrer, el vaig reconèixer i vam parlar una bona estona. Reconec les cares, els perfums, la fermesa d'un pas, el taloneig. Pel taloneig, sense veure'l, sé quin veí entra o surt de l'edifici. Fins i tot sé distingir, des de casa meva, només escoltant, qui puja a l'ascensor. Sí, sí, no em miri així. És veritat. Sé quin veí triga més a obrir la porta de l'ascensor o a prémer el botó del seu pis. Sí, senyora. Em sé els horaris de tothom. I les seves manies. Tot. Però no és xafarderia. És una altra cosa. I només perquè tothom visqui més feliç. Per fer-los la vida més fàcil, vaja.

—Que sí, dona, que ja entenc què vol dir —la talla la tieta Bel, divertida.

—Tenen porter a la seva finca?

—Doncs no.

—És una llàstima —respon la senyora Remei, una mica compungida.

—I tant.

—D'aquí a uns anys, haurem desaparegut.

—Sempre quedaran cases amb porteria als barris benestants.

—No ho sé, no ho sé. Ara, amb els porters automàtics, les empreses de neteja i totes aquestes coses que s'inventen, cada vegada ho tenim pitjor. I la crisi tampoc hi ajuda. Som una espècie en extinció.

Ho diu de debò, molt afligida. Però de seguida canvia d'expressió i ens mira a la Gabriela i a mi amb una tendresa infinita.

—I ja ha sopat, aquest jovent? —pregunta.

—Hem menjat uns entrepans —respon la Gabriela, amb els ulls somrients, perquè crec que es diverteix amb la humanitat i la simpatia que desborda la nostra portera.

—Que maca! —exclama la senyora Remei—. I la petita Mafalda?

—La ingressaran —dic.

—Tan malaltona està?

—No ho sé gaire bé, sembla que sí.

—Han arribat, els teus pares?

—No tan sols no han arribat, sinó que encara no he pogut parlar amb ells.

—Ja m'ho figurava, perquè jo també hi he estat insistint i res.

—El papa deu estar tancat en alguna reunió important a Milà i la mama sobrevola el Mediterrani enmig d'una tempesta.

—Quines coses! —sospira la senyora Remei, sense afegir-hi res més.

No cal. Per a una dona com ella, la nostra situació és del tot inversemblant, ho sé. Ella no se separaria d'un fill petit per res del món. I molt menys si estigués malalt.

—Bé, ens hem d'organitzar —decideix, amb veu i posat decidit.

—Què vol dir? —se sorprèn la tieta Bel, que fa una estona que està en silenci.

—Doncs que no cal que hi hagi tanta gent aquí pendent. Ja és de nit i aquestes criatures —diu, referint-se a la Gabriela i a mi— hauran de descansar, dic jo, que ja han fet prou i fa moltes hores que suporten aquesta angoixa.

La sala d'espera, ara, és gairebé buida. Una brisa fresca i estimulant es cola per les portes obertes. El trànsit al carrer i a l'aparcament de l'hospital també ha disminuït per fi i es respira una certa calma. Molts ja deuen estar celebrant la revetlla de Sant Joan.

—Si fa falta, jo em puc quedar tota la nit —ens comunica la senyora Remei.

—Jo també —afegeix la tieta Bel.

—Doncs ja està —afirma la portera, amb contundència—. Vosaltres dos ja us en podeu anar cap a casa.

—Ni ho somiï —responc amb decisió—. No em mouré d'aquí fins que sàpiga que la Mafalda està fora de perill i que els pares estan al cas del que passa.

—Dídac, aquesta senyora té raó —admet la tieta Bel—. Fa moltes hores que sou aquí i ara no es pot fer res més que esperar. No cal que us quedeu tota la nit.

—Que no, que jo em quedo. Si la Gabriela se'n vol anar, ho entendré, però jo no em moc d'aquí.

I per no allargar més la discussió, m'aixeco amb la intenció de sortir fora a prendre l'aire, però en aquest moment arriba el metge.

—L'hem portat a una habitació —ens comunica, amb veu lleugera i distesa—. Està estable.

—La podem veure? —pregunto.

—Només una persona. Porta mascareta d'oxigen i no convé cansar-la.

—Està desperta?

—Ara dorm.

—Vaig a veure-la.

—Un de vostès es pot quedar tota la nit. O per torns. Però recordin: només una persona a l'habitació.

—D'acord —accepto, i me'n vaig volant cap a les escales.

—És al cinquè pis, a la planta de pediatria, habitació 512. Serà millor que agafis l'ascensor —m'avisa en Jordi.

—Gràcies!

13. Genís

Dissabte, 23 de juny. 22.20 h. Hospital de la Mare de Déu Blanca. Habitació 512.

Quan la mare va dir que estava embarassada i que tindria un germanet, em vaig quedar desconcertat. Suposo que, al cap de tretze anys de ser fill únic, ja m'havia fet a la idea que ho seria sempre. Recordo que vaig pensar: «Pobra criatura». Perquè encara tenia molt presents els Reis sense joguines, les distraccions dels pares i els disgustos que em regalaven gairebé a diari.

Els pares no són dolents, però van a la seva. I moltes vegades he pensat que per a què han volgut tenir fills si la seva feina està per damunt de tota la resta. Si no ens tinguessin, segurament serien més feliços, l'un amb els seus negocis i l'altra amb les seves històries del cor. Quina necessitat tenen de portar fills al món per després oblidar-se'n? No ho entenc.

Amb l'arribada de la Mafalda, la mare va haver de deixar la seva feina un parell de mesos, i jo la notava tensa, nerviosa, sempre amb el telèfon a sobre, fent gestions per als companys dels programes en què intervé i de les revistes en què escriu. Un dia l'hi vaig recriminar i em va dir que no li costava gens fer favors des de casa, una trucada, una cita, una informació, un telèfon; que així, quan tornés a treballar, estaria més al dia de tot. No es perdia ni un sol dels programes en què ella surt.

Semblava un animal engabiat. Va recuperar la llibertat quan la Mafalda va anar a l'escola bressol i només la veia una estoneta a la nit, però no cada nit, i un instant als matins, abans de sortir de casa. La resta del dia, la Mafalda creixia entre els braços de les cuidadores de l'escola bressol i de les atencions de la Marlene. Bé, i de les meves.

Des del primer dia, vaig estimar amb tota la meva ànima aquella petita que va arribar al nostre món amb un somriure que era per menjar-se-la, amb uns ullassos blaus que esborraven qualsevol disgust, i amb una dolcesa i una frescor que et reconciliaven amb la vida. De seguida vaig saber que l'havia d'estimar, protegir i cuidar. Ara sé que ho vaig portar massa al límit, perquè als tretze anys està bé que estimis la teva germaneta, però no fins al punt de deixar el teu equip de futbol, per exemple, o de prescindir dels amics. M'ho va dir un dia en Genís, quan va saber que abandonava l'equip: «Dídac, sense tu, això no serà el mateix. A qui llançaré les meves passades, si tu no ets al davant?, digue'm. Que em diguis que has de cuidar la teva germana no cola, noi. I menys en el teu cas, que tens cangur i no us falta de res a casa. Em sembla que t'estàs passant».

A en Genís el conec des que vaig entrar a l'equip, amb vuit anys, després de decidir que preferia el futbol al bàsquet. Ell juga gràcies a una beca, perquè a casa seva no podien pagar la quota, però és molt bo, algú se'n va adonar i van buscar la manera que es pogués inscriure al club. No anem al mateix centre; ell va a un institut públic del seu barri, i viu en un edifici de la perifèria, en una zona de cases atapeïdes i petites a les quals amb prou feines hi toca el sol, perquè els carrers són estrets i humits. Jo he estat a casa seva i ella a la meva i ara mateix puc dir que en Genís és el meu millor amic en aquest món. A part de la Gabriela. No sé què serà d'ell en el futur, però no m'estranyaria gens veure'l jugar algun dia en un equip de primera divisió. Té talent i sap esforçar-se com un tità.

Com que ja no jugo a futbol, quedem de vegades per anar al cine o a prendre alguna cosa, perquè, si no, no ens veuríem. Ens expliquem les nostres vides i parlem de tot una mica. I riem molt. Però de vegades també ens posem seriosos quan ataquem el tema dels trens que passen i que no atrapem, que és una qüestió que tractem sovint, quan ens sentim més transcendentals. Ell té clar que ha de pujar a tots els trens que apareguin per la seva estació, perquè si no ho fa, està perdut. És molt madur, i jo em sento molt bé quan estic amb ell. «La teva obligació no és estar per la nena a totes hores. L'estimes i l'estimaràs sempre, però els seus pares són els seus pares. Tu ets el seu germà, i punt», em va dir aleshores.

Però vaig deixar l'equip, perquè tenia clar que la Mafalda em necessitava. I per una vegada a la vida, els meus pares van estar d'acord amb mi; van estar d'acord que deixés el futbol, no que hagués de cuidar la nena, que crec que ni es van adonar que fos això. Mai els havia agradat la meva afició futbolística i menys en un club gens elitista en què entrava qualsevol, molts amb beca. Ells s'haurien estimat més que m'apuntés a tenis, a esgrima o a hípica. Però a mi m'agrada el futbol, què hi farem.

—Mafalda, guapa…

Té els ulls tancats i no s'adona que soc aquí. Porta una mascareta d'oxigen, i se la veu tan petiteta en aquest llit tan gran que se'm trenca l'ànima. I més quan penso que els pares no en saben res.

—Et posaràs bé, princesa.

Trec de la bossa el seu peluix, un hipopòtam blau, suau, petit, amb la boca oberta i les orelles dretes, i l'hi deixo al costat del coixí. Li faig una foto amb el mòbil i l'envio als pares sense pensar-m'ho i amb una fiblada de ràbia i amargura.

—On redimonis sou?

14. Trucada

Dissabte, 23 de juny. 22.35 h. Hospital de la Mare de Déu Blanca. Habitació 512.

—Genís? Soc en Dídac.

—Ei, nano, què passa?

—Res. Bé, sí. Tinc la meva germana a l'hospital i no trobo els meus pares per enlloc.

—Deuen ser en alguna reunió, en algun acte…

—No, són fora…, lluny. M'entens?

«Fora de la meva vida», gairebé se m'escapa, però em continc.

—Vols que vingui?

—On ets? —li pregunto.

—He sortit amb uns amics del barri a prendre alguna cosa en una terrassa. Aquí han muntat una foguera. Fa una calor de mil dimonis.

—No cal que vinguis, no…, solament… volia parlar una estona amb tu.

—És clar.

—El pròxim trimestre intentaré que em tornin a admetre a l'equip.

—De debò?

—Paraula d'honor.

—Me n'alegro molt. I com està, la teva germana? Què li ha passat?

L'hi explico per sobre.

—Està fora de perill, oi?

—No ho han dit amb aquestes paraules, sinó que està estable.

—Sona bé.

—Sí.

Se sent un fons de música i veus, de dissabte a la nit, de vida, d'alegria, de descans, de lleure, de diversió.

—Sou tots nois? —pregunto per curiositat.

—On?

—Aquí, a la terrassa.

—No, també hi ha noies.

—Bé.

Dic *bé* per dir alguna cosa.

—La Gabriela és aquí amb mi, ha estat al meu costat des de l'inici.

—La Gabriela és molt maca, saluda-la de part meva.

—Ho faré.

—Escolta...

—Què?

—Que puc venir, eh? En un moment em planto a l'hospital.

—No cal. Si et necessito, t'aviso, d'acord?

—D'acord, col·lega. Demà et truco.

—Gràcies.

Penjo i sospiro profundament. Penso que tinc uns salvavides fantàstics. I, per un moment, per un moment molt breu, em sento afortunat.

15. Plors

Dissabte, 23 de juny. 22.45 h. Hospital de la Mare de Déu Blanca. Habitació 512.

La tieta Bel ha tustat a la porta i ha tret el cap.

—Dídac, ara entraré jo i m'aniré rellevant amb la senyora Remei tota la nit. Au va, surt i ves-te'n cap a casa amb la Gabriela. Diu que t'hi acompanyarà i es quedarà amb tu si vols.

No sé anar-me-n'hi. És com si les cames no m'obeïssin.

—També pots anar a casa meva. En Toni està amb una cangur molt maca. Li truco i li dic que hi vas, si vols, eh?

Em passa pel cap que potser la mare i la tieta Bel no són germanes. No s'assemblen en res.

—Vols sortir d'una punyetera vegada?

La tieta Bel és així, legal fins a les últimes. Si ens han dit que no podíem estar-nos dues persones al mateix temps a l'habitació, ella es quedarà fora, només traient el cap rere la porta, fins que jo en surti, tret que hi hagi un incendi i hagi d'entrar a salvar la nena.

Surto.

—Tieta, és que no sé anar-me'n.

—Doncs poses un peu davant de l'altre, vas cap al fons del passadís, demanes l'ascensor…

—Tieta!

—Em sap greu, però quan et poses tossut no hi ha qui t'aguanti.

M'assec en una cadira que hi ha al passadís, al costat de la porta de l'habitació de la meva germana, i la tieta Bel s'ajup davant meu.

—Dídac, t'entenc molt bé, però has de fer un esforç. Aquí només et posaràs més nerviós. La teva germana està controlada i tu hauries de descansar, perquè potser demà hauràs de passar tot el dia a l'hospital. Si no dorms una mica, t'haurem d'ingressar també a tu. Cadascú ha de saber fins a on arriba. Confia en mi.

—No, si ja confio en tu.

—Doncs no ho sembla.

—Sento molt que hagis hagut de venir.

—I jo! Aquesta nit a la tele en fan una de Harrison Ford.

—Són els meus pares els qui haurien de ser aquí.

—Tens raó, no et diré que no.

—Ets fantàstica i em dol que la mare no ho sàpiga.

—Ella s'ho perd.

—Crec que començaré a plorar.

—Doncs plora.

—Mira que si la Mafalda es mor…

—Ves!

Em sembla que he tingut aquest pensament tota l'estona, des del primer moment, però no n'he parlat amb ningú. I ara sento la necessitat de treure'l.

—És tan petita, tan dolça, tan innocent —dic, com si em sortís del cor mateix.

—Com un núvol de caramel.

—Tieta, no te'n riguis, si us plau.

—No me'n ric.

—Jo crec que mai no seré pare. Es pateix massa.

Noto que la tieta Bel m'acaricia els genolls.

—Potser si no ho ets —em diu—, patiràs perquè notes un buit. És complicat.

—M'agradaria viure amb tu. Amb tu, amb en Toni i amb la Mafalda.

—Doncs ho tenim fumut, perquè a en Toni li fan molta pudor els peus i a casa només hi ha dues habitacions, així que hauries de dormir amb ell.

—I a nosaltres ens sobren habitacions pertot arreu...

—El món està molt mal repartit, rei.

Com m'estimo aquesta dona menuda, inquieta, sàvia, equilibrada i divertida! I ploro, ara sí, i ric, tot alhora, a doll, com un corrent d'emocions sense sentit i sense cap fre. La tieta Bel m'allarga un mocador i no em diu res.

Després de plorar no sé quants minuts seguits, que feia segles que no deixava anar una llàgrima per res, em sento millor, com més tranquil, com després d'haver vomitat el primer puré, com més lleuger.

—Te'n vas ja? —em pregunta la tieta Bel, en veure que m'aixeco de la cadira.

—Me'n vaig.

—A casa teva o a la meva?

—A la meva. No m'agrada dormir amb algú a qui li fan pudor els peus.

—Ens veiem demà al matí.

—Però si passa res, qualsevol cosa, tieta, si us plau, truca'm.

—Et truco, pesat.

—T'estimo.

—Doncs jo, ni gota. Va, ves-te'n.

Li robo un petó i una abraçada quilomètrica i me'n vaig a buscar l'ascensor.

16. Incredulitat

Dissabte, 23 de juny. 23.10 h. Hospital de la Mare de Déu Blanca. Urgències.

Dec estar somiant, perquè veig algú amb una faldilla d'un color butà cridaner i una camisa d'un blanc immaculat que parla amb la senyora Remei i amb la Gabriela a la vora de la màquina dels refrescos.

—Marlene!

La infermera de recepció, davant el meu incontrolable i sonor crit de nàufrag, alça els ulls amb una mirada crítica.

—Perdó, perdó, perdó, perdó —repeteixo, al límit de la histèria i de la incredulitat.

La Marlene es gira, em veu, comença a córrer enfilada en els seus talons, m'atrapa, m'omple de petons.

—*Mi niño, mi pequeño, mi príncipe, mi alma.*

—Què hi fas, aquí, Marlene? I l'avió? I les maletes? I el viatge?

—*Todo controlado. El avión no sale hasta las seis de la mañana. Hay una huelga de no sé quién en no sé dónde y todo se ha retrasado que no veas. Mi familia está avisada. Las maletas ya están embarcadas. Nos han dicho que nosotros embarcamos a las cinco. Y me he dicho: yo me voy al hospital. Un taxi y hasta aquí.*

—Ets increïble. T'estimo.

La Marlene em diu que està molt orgullosa de mi, de com he portat la situació, que ja tinc aquí un exèrcit de gent perquè no estigui sol, i que ja sap que la Mafalda és en una habitació i que es troba millor.

La Gabriela somriu en veure'm somriure, malgrat, suposo, les restes de llàgrimes que, en el viatge en ascensor, no he pogut dissimular. Volia anar abans a un lavabo per netejar-me la cara, però no he tingut temps.

—*Ahora nos iremos los tres a casa, cenaremos un poco y descansaremos* —ordena la Marlene—. *La señora Remei y tu tía se quedan de retén.*

Li dic que sí, que el que vulgui. No em pregunta pels pares. M'imagino que ja sap que encara no sé on són.

17. Taxi

Dissabte, 23 de juny. 23.25 h. Taxi, camí cap a casa d'en Dídac.

Al taxi, de camí cap a casa, la Marlene reflexiona sobre la vaga de no sap qui.

—Crec que són els controladors aeris —apunta la Gabriela.

—*Pues esos. A mí me parece muy bien que la gente que no esté contenta proteste. Pero a mí quién me devuelve este día que no voy a pasar con mis hijos, a ver. Un día más sin mis hijos es como un día más de vacío.*

La miro, em mira i s'adona que potser ha parlat massa.

—*Dídac, lo siento.*

—Els meus pares deuen tenir un buit que ni t'explico.

—*Lo lamento, mi amor, créeme.*

—No passa res —responc, mirant per la finestreta.

Encara tinc aquesta cremor que no sé com treure'm. Per sort, la Mafalda està millor i la Marlene és aquí. Ja arribarà l'hora dels retrets, penso, perquè al llarg del dia he anat forjant una idea, un projecte, un objectiu. M'agradaria ser prou valent com per fer-los entrar en raó i que s'adonessin que la Mafalda i jo els necessitem més a casa; per sentir-nos millor i més segurs, per compartir les nostres coses, que fa ja no sé quant temps que no parlo amb ells, tant que ni crec que sàpiguen a quin curs vaig. Els necessitem més per a tot. Per créixer. Per viure. La mare no se'n pot anar de viatge sense avisar. I el pare no pot estar tant de temps fora de cobertura. I menys amb la nena malalta i pendent d'una visita amb el pediatre.

Em sona el mòbil i el cor em fa un salt. A veure si algun dels dos, per fi, apareix aquesta nit. Nerviós, miro la pantalleta i veig que és en Genís.

—Ei, que ara vinc —em diu—. En quin hospital m'has dit que ets?

—Tranquil, ja no soc a l'hospital, Genís. Estic a punt d'arribar a casa.

—Doncs m'hi acosto.

—No cal, de debò.

—A mi sí que em fa falta —afirma.

I em deixa sense arguments.

18. Pare

Dissabte, 23 de juny. 23.40 h. Casa d'en Dídac.

Pago el taxi i entrem tots tres a l'edifici. Passo un moment per la porteria, a buscar un duplicat de les claus de casa perquè, abans, amb la pressa, me les he deixat a dins. La Marlene em diu que no cal, que ella ja té les seves. De tota manera aprofito per comunicar al marit de la senyora Remei que la seva dona es quedarà tota la nit a l'hospital, tot i que suposo que ja deu estar avisat.

—Ja m'ho ha dit —em confirma—. I que la nena està millor.

—Sí.

—Me n'alegro molt. El teu pare també estarà content quan l'hi expliquis.

Se'm glaça la sang a les venes. Què em diu, aquest home?

—Acaba d'arribar —afegeix—. No fa ni deu minuts. No he volgut dir-li res perquè crec que aquestes coses és millor que se sàpiguen per la família. He pensat que ja l'hi explicaries tu. És clar que, si hagués estat aquí la meva dona, ella, que no se'n calla cap, a hores d'ara ja ho sabria, com ho sap tot el veïnat, perquè la Remei ja saps com és. Les penes al vent, diu sempre, per ventilar-les perquè, si no, es podreixen.

—El meu pare és a casa?

—Des de fa deu minuts. O menys.

—*Subamos* —diu la Marlene, agafant-me del braç i arrencant-me de la xerrameca del marit de la senyora Remei.

L'ascensor és molt amunt. Estem tots tres en silenci, de cara a la porta, contemplant el número dels pisos que es van il·luminant a mesura que se'ns acosta. La Gabriela m'ha agafat de la mà. La Marlene encara m'aferra l'altre braç amb força.

Arriba l'ascensor. Hi pugem. Estic nerviós, ho noto, perquè no m'entra la clau al pany de la porta del nostre pis.

—*Trae, ya abro yo* —diu la Marlene.

Se sent música de fons. Ve de la sala, però no hi ha ningú i està gairebé en penombra.

—*Oigo el agua de la ducha del baño de tus papás* —fa la Marlene—. *Me voy a la cocina a preparar un café. ¿Alguien quiere algo?*

—Jo, una mica d'aigua, gràcies —respon la Gabriela.

—*Pues id al salón, que ya os llevo agua y refrescos.*

Encenc un altre llum i la Gabriela i jo ens esperem, asseguts en un dels sofàs, sense dir res. Només al cap d'una estona, la Gabriela em pregunta:

—Vols que me'n vagi?

—Per què?

—No ho sé, potser vols parlar amb el teu pare tots dos sols.

La Gabriela em mira amb la seva mirada verda, amb la seva infinita tendresa, amb el seu somriure etern, amb la seva innocència i, alhora, amb els seus raonaments d'adult.

—No vull que te'n vagis. Vull que et quedis.

—Doncs em quedo.

—No sé què dir-li —confesso —. Ni com.

—Comença des de l'inici i ja sortirà tot.

—És que vull dir-li més coses, moltes més.

La Gabriela em mira i ho entén, perquè després m'aconsella, amb suavitat:

—Pensa-t'ho dues vegades, Dídac. Potser avui no és el millor dia. Tu estàs molt nerviós i ell també s'alterarà quan sàpiga el que hi ha.

—Què és el que hi ha? —pregunta el pare, entrant a la sala.

Porta una samarreta blanca, uns pantalons curts blau marí i sandàlies, els cabells mullats, i fa olor de sabó i colònia.

—Vaja, vaja! —exclama, amb el semblant una mica cansat—. Heu pujat a fer l'última copa d'aquesta nit de dissabte? Gabriela, oi?

Em sorprèn que es recordi del nom. Tan sols l'ha vist tres o quatre vegades per casa i només de passada.

Entra la Marlene amb una safata amb cafè, aigua, refrescos i uns sandvitxos.

—Oi que no us importa si menjo alguna cosa amb vosaltres? —pregunta el pare, agafant un sandvitx de la safata, un que vessa d'enciam i pernil dolç per les vores—. Acabo d'arribar de Milà, després de donar voltes i més voltes amb l'avió; hi ha vaga de controladors i cap va a l'hora. Havia de tornar demà, ja ho saps —deixa anar mentre em mira, i jo dec posar cara d'idiota perquè ningú m'havia dit quan tornava—. Però es veu que demà serà pitjor i, com que ja ho tenia tot fet, he avançat la tornada.

No m'ho puc creure! Quan ha arribat, no s'ha adonat que no hi havia ningú? On se suposa que és la Mafalda a aquestes hores? I no es pregunta què hi fa, aquí, la Marlene, que ja hauria d'estar volant cap a Guatemala? Tampoc se sorprèn que no hi sigui la mare?

—Pare…

—Digue'm, fill.

—No has mirat el mòbil.

—Què dius? És clar que l'he mirat.

—I no has vist els meus missatges?

—Quins missatges?

El pare agafa el mòbil, que és al damunt de la tauleta de centre, l'encén i en repassa amb atenció el contingut.

—No hi ha cap missatge teu.

—Com que no? Almenys te n'he enviat cinquanta! Sense comptar els de la Marlene i la senyora Remei. I els de la tieta Bel!

El pare em mira amb semblant seriós. Es veu que no entén res. Tot d'una, es pica el front amb la mà.

—Ja sé què ha passat! —exclama—. M'han robat el mòbil a Milà i me n'he comprat un altre. Els números de l'agenda els he perdut. Només n'he posat alguns que em sabia de memòria. Al despatx em baixaré del núvol els altres contactes que tinc guardats, i llestos.

Va mirant el mòbil, com justificant-se pel que acaba de dir, i s'asseu tranquil·lament a la butaca.

—Veus? Tu no hi ets, la mare tampoc. Per cert, on és la teva mare? Em pensava que avui no tenia res i que seria a casa.

M'aixeco, ja no puc més, i m'encaro a ell.

—La mare vola cap a Nàpols, enmig d'una tempesta, per cobrir un casament que se celebrarà dissabte o diumenge que ve. Se n'ha anat sense avisar. I ha deixat la Mafalda amb febre, m'imagino que sense recordar que la Marlene avui se n'anava de vacances. Perquè ara mateix la Marlene hauria d'estar volant cap a Guatemala, però han endarrerit l'avió fins a primera hora del matí i ha vingut a consolar-me, a fer-me companyia i a deslliurar-me dels nervis, l'angoixa i la ràbia, cosa que, d'altra banda, sembla que facin tots els pares del món menys vosaltres. La Mafalda hauria de ser a la seva habitació, dormint, però és a l'hospital, amb una màscara d'oxigen i a punt d'anar-se'n a l'altre barri. La tieta Bel, amb qui no us parleu, i la senyora Remei, la nostra portera, són amb ella, després que la Gabriela i jo l'hàgim portat a correcuita en ambulància aquesta tarda, perquè se'ns n'anava, papa, se'ns n'anava.

El pare s'aixeca i m'agafa de les espatlles. Jo ja estic llançat.

—Però què em dius? —exclama, amb la mirada tenebrosa.

—Que per tenir fills i abandonar-los així, seria millor no haver-los tingut —disparo, fart de contenir-me des de fa massa temps.

I en aquest instant sona el timbre de la porta. La Marlene s'afanya a anar a obrir. El pare, encara aferrat a les meves espatlles, no diu res, només em mira, amb una mirada que espanta. Entren la Marlene i en Genís a la sala.

—Bona nit —saluda el meu amic.

I després, davant el panorama que entreveu, es queda mut, sorprès, sense saber si entrar o sortir, si asseure's o quedar-se dret

—Hola, Genís —li dic, sense mirar-lo, perquè estic aguantant la mirada del pare—. Seu, de seguida soc amb tu.

En Genís s'asseu al costat de la Gabriela.

—El que acabes de dir-me no és just —murmura el pare.

—Doncs digue'm tu què és just i què no.

—Ara no és el moment —diu, i se separa de mi—. On és la Mafalda?

—*En el hospital de la Mare de Déu Blanca, señor Martí* —contesta la Marlene, ràpidament—. *Habitación 512. Su amigo, el doctor González-Peiró, se ha portado muy bien.*

—Però si en Jordi no és pediatre!

—*No sabíamos a quién acudir* —s'excusa la Marlene.

—I què li ha passat a la nena?

—De debò t'importa? —li pregunto, provocador.

Llavors, el pare torna a acostar-se'm, furiós, alça la mà i em clava una bufetada que ressona per tota la sala. Mai a la vida m'havia posat la mà al damunt.

La Gabriela es posa la mà a la boca i en Genís s'aixeca del sofà com una fletxa.

—Bravo, papa —li dic sense cridar, gairebé en un xiuxiueig, acariciant-me la galta, que em noto encesa—. Genís, no passa res, seu. Per favor.

En Genís dubta, però finalment es torna a asseure al costat de la Gabriela, tens i disposat a intervenir-hi si la cosa va a més. Ho noto.

—Em deixeu la nena malalta —dic al pare, a mig metre del seu rostre, sense alçar la veu—, cadascú a la seva feina, cap dels dos recorda que la Marlene comença les vacances, o sí, però tant és perquè, total, en Dídac ja cuidarà de la seva germana petita, i jo, que tinc quinze anys, he de resoldre com puc un assumpte de vida o mort. A l'hospital de poc que truquen als serveis socials perquè hem portat una nena sense pares i sense ningú major d'edat que se'n responsabilitzi i, pel que es veu, tot el que em mereixo és una bufetada. Saps què et dic? Que n'estic fart, de tu i de la mare. Tinc els nassos plens de vosaltres. I si la Mafalda ja sabés parlar bé, diria exactament el mateix. Sou uns insensibles, uns insensats i uns irresponsables. Com a pares, em feu llàstima.

La Marlene subjecta el braç del pare amb contundència per evitar que em pegui una altra bufetada, perquè l'home se m'apropa amb el semblant afinat, i em travessa amb una mirada plena d'odi.

—*¡No haga eso, señor, no lo haga! No sabe cómo ha sufrido su hijo todas estas horas. Por Dios santo, sean una familia, que Mafalda se ha podido morir.*

El pare deixa anar amb violència la Marlene, es guarda el mòbil i se'n va a la seva habitació. Al cap de dos minuts, en surt amb la roba canviada i, tot seguit, clavant un cop de porta que es deu haver sentit per tota l'escala, se'n va de casa sense dir-nos res.

19. Amics

Diumenge, 24 de juny. 00.30 h. Casa d'en Dídac.

—No t'he fet cas, Gabriela, i no m'ho he pensat dues vegades abans de parlar. Ho sento.

—Però què dimonis havies de pensar-te dues vegades? —exclama en Genís, que està molt enfadat amb tot el que ha vist i sentit—. Si és veritat tot el que has dit, fins i tot em sembla que t'has quedat curt. I disculpa per ficar-me on no em demanen.

—Jo t'he demanat que vinguis —dic, intentant somriure.

Me'n vaig a la cuina, on la Marlene està feta un mar de llàgrimes. Quan em veu, m'abraça.

—*¡Qué injusto, qué injusto, qué injusto!* —repeteix—. *Con todo lo que has hecho tú por esta niña.*

—Sí, va, prou.

—*Es que no hay derecho, mi niño* —em diu, deixant-me anar—. *No se puede pegar así a nadie sin escucharlo antes. ¡Y con el martirio que has pasado hoy!*

—Bé, deixem-ho —insisteixo.

La Marlene va traient fulls de paper de cuina del rotlle que penja de la paret i s'hi eixuga les llàgrimes, es moca, es frega les galtes.

—*Ha sido horrible, horrible* —murmura, somicant.

—El que has de fer és tornar a l'aeroport, et prens alguna cosa a la cafeteria i esperes tranquil·lament l'avió, no fos cas que el perdis.

—*Yo no puedo dejarte así.*

—I tant que pots.

—*Que no.*

—Que sí.

—*No puedo dejarte solo, mi vida.*

—Tinc dos amics fantàstics que m'esperen a la sala.

—*Eso es verdad.*

—Doncs, au, ves-te'n.

—*¿Me lo dices en serio?*

No responc, només li faig un petó al front i intento somriure. Noto el cap com si estigués a punt d'esclatar-me en qualsevol moment, però intento fer-me el valent per convèncer-la que controlo la situació i que tot està en ordre. Però ara mateix em donaria un cop contra la paret. No hauria d'haver dit el que he dit ni com ho he dit, que semblava que l'important era jo mateix i les meves circumstàncies, quan el que de debò importa és la vida de la Mafalda. Però ja està fet, i tampoc perdré el temps penedint-me'n. La veritat és que sentia plenament tot el que he dit.

La Marlene, al final, es deixa convèncer i s'està una bona estona al lavabo arreglant-se una mica.

—*Me voy* —diu en sortir, amb la cara neta—, *pero con el corazón encogido.*

—Intenta dormir durant el viatge i se't desencongirà —faig broma—. Pensa en els teus fills.

—*Eres un sol, Dídac.*

Se'n va, i en tancar la portar, noto un descans i un cert alleujament. L'estimo molt i la necessito com a ningú altre, però ara és millor que continuï amb la seva vida. No es mereix aquestes escenes.

Em deixo caure al sofà davant de dos parells d'ulls que no es desenganxen de mi.

—Estic bé —dic sense que ningú em pregunti res.

—I si sortim a prendre una mica l'aire? —proposa en Genís—. Aquesta sala m'ofega. Bé —rectifica, una mica atordit—, no és la sala, que és molt bonica, sinó el que hem viscut aquí, que encara estic en xoc.

—A mi també em ve de gust sortir —se suma la Gabriela.

La veritat és que jo també tinc ganes de caminar, de cansar-me, de cridar, de riure, de saltar.

—Doncs vinga, som-hi —dic.

Abans, truco a la tieta Bel.

—Tot va bé, Dídac —em diu—. La Mafalda continua millorant. El teu pare acaba d'arribar.

—Ja ho sé.

—I jo sé que ho saps. Ens ha demanat, a la portera i a mi, que ens n'anem cap a casa, que ell es queda tota la nit. La senyora Remei ja se n'ha anat, però jo em quedaré, per si de cas, tot i que ell no hi està d'acord.

—Entesos.

—Dorm una mica.

—D'acord.

—Amb qui estàs?

—Amb dos amics extraordinaris.

—Fantàstic.

20. Passejada

Diumenge, 24 de juny. 01.15 h. Avinguda de les Palmeres.

Bufa una brisa fresca, reparadora, abundant, que deu funcionar molt bé per curar cicatrius.

Encara hi ha molt trànsit en aquesta hora de la nit de dissabte, camí ja de la matinada d'un diumenge de finals de juny. Hi ha molta gent que surt dels restaurants i busca una sala de festes, o una terrassa a la fresca.

L'avinguda de les Palmeres és àmplia, amb molt de verd i unes quantes placetes que s'obren a totes dues bandes, com si dilatessin encara més l'amplitud del carrer. Cada placeta té els seus bancs, les seves papereres, els seus parterres de flors, els seus arbres, la seva font i, en algun cas, el seu parc infantil. Ens aturem en una d'aquestes places, sorprenentment deserta, i ens apoderem d'un banc de pedra que encara conserva l'escalfor del sol de la tarda. Una tanca d'arbustos espessos ens aïlla del trànsit de la calçada. Abans d'arribar aquí, ens hem aturat un moment en un bar i hem comprat unes quantes ampolles d'aigua ben freda, tres refrescos, i unes bosses de patates i cacauets.

Mentre anàvem buscant un refugi, hem parlat una mica del que ha passat a casa meva. No em venia gaire de gust recordar-ho, però en Genís ha insistit a parlar-ne, i m'ha preguntat com ha arribat la nostra família fins a aquest punt d'incomunicació; ho ha anomenat així, *incomunicació*, i he pensat que havia encertat de ple. Segons ell, ja veia coses quan ens tractàvem més, però d'allò fins a aquest abandonament que ha constatat avui, hi ha un abisme. Es fa creus del que ha fet la meva mare, agafar un avió cap a Nàpols, ves a saber quants dies, sense dir res, sense pensar en la seva filla, ni en mi, ni en ningú, tret de la seva maleïda feina. «I amb el teu pare què passa?», m'ha preguntat. Li he dit que gairebé ni ens tractem perquè sempre està fora de convenció en convenció. «Doncs és una llàstima, perquè les bufetades no resolen res, t'ho dic per experiència». He mirat en Genís amb sorpresa i curiositat. Ell se n'ha adonat. «Avui no toca parlar de mi», ha enllestit el tema, i s'ha tancat en banda.

—De vegades sento unes ganes immenses d'anar-me'n —he sospirat.

—A on? —m'ha preguntat la Gabriela.

—Per què? —ha volgut saber en Genís.

—No sé on, lluny, o a casa de la meva tieta. M'emportaria la Mafalda i viuríem protegits, no ho sé, més ben atesos, amb més tendresa al nostre voltant. La Mafalda no es mereix això. I jo tampoc. Me n'aniria perquè sospito que ja no estimo els meus pares.

Després ens hem submergit en un silenci profund, buit de paraules sí, però no de sentiments ni d'emocions, que ens inundaven a dojo, almenys a mi. Fins que hem arribat a aquest parc i ens hem assegut al banc.

—I vosaltres què? —pregunta en Genís tot d'una.

En Genís sempre ha estat així de directe, i a mi m'encanta que ho sigui. Amb ell no s'hi val a dissimular i això relaxa molt.

—Nosaltres què de què? —pregunta la Gabriela, amb la veu plena de candidesa.

—Que si esteu embolicats.

La Gabriela em mira i comença a riure.

—I ara! —respon somrient, però una mica torbada, que l'hi noto.

—Quina llàstima! Perquè feu molt bona parella. Sempre ho he pensat.

La Gabriela i en Genís es coneixen de quan jo encara jugava a futbol. Ens venia a veure a molts partits.

—Encara no ha arribat el segon dia de les nostres vides —dic.

I li expliquem la nostra teoria, bé, més ben dit, la teoria de la Gabriela, perquè jo no acabo de tenir-la tan clara com ella.

—Doncs això és com la meva teoria dels trens —raona en Genís—, però al revés. Per què esperar-ne un altre si el que ha arribat a l'estació té tot el que tu has somiat?

Jo, en el fons, hi estic d'acord. Si t'apareix algú amb qui t'avens molt, que et desperta emocions, amb qui descobreixes sentiments nous i que t'ocupa la ment la major part de les hores del dia i de la nit, per què esperar al segon dia? Però la Gabriela s'ho té tan justificat que sembla impossible que vegi una altra opció. Per això fa temps que m'he proposat esperar al segon dia amb tota la paciència del món, i que vagin passant trens, si volen.

—I tu què? —pregunto, al meu torn.

—Bé, vaig fent —admet en Genís—. Es diu Glòria, va a la meva classe i vol ser veterinària. De moment, ja té tres gats, dos gossos i quatre ocells a casa seva, tots recollits del carrer.

—Quina classe d'ocells? —s'interessa la Gabriela.

—No ho sé, ocells, dels que tenen plomes i bec.

Tots tres riem i la nit sembla més amable que quan ha començat.

En Genís busca al seu mòbil alguna foto de la Glòria per ensenyar-me-la i, de cop, alguna cosa atreu la seva atenció. Es posa seriós i ens mira a tots dos, sobretot a la Gabriela.

—Què passa, Genís? —li pregunto.

—Poc que ho sé, buscava una foto, però he entrat al Twitter sense voler.

—Tens compte de Twitter? —em sorprenc.

—Doncs sí. Segueixo molts jugadors de futbol.

—És clar —raono—. I què has vist?

En Genís, sempre tan directe, ara sembla poc decidit a dir-nos què ha vist al Twitter.

—Tu ets la filla de la Patricia Halcón, oi, la que surt a les revistes i això? —pregunta a la Gabriela.

La Gabriela de cop es posa tensa. Havia pujat al respatller del banc i fins ara la veia tranquil·la, gaudint de la conversa i de la fresca. Però la seva actitud canvia radicalment quan en Genís anomena la seva mare.

—Sí —respon—. Per què?

En Genís no sap per on començar.

—Té, llegeix —li diu, finalment, allargant-li el mòbil.

La Gabriela dubta un moment, potser perquè no vol interrompre la seqüència d'aquesta nit, una seqüència de converses molt nostres, molt íntimes, una seqüència que es va enfilant sense ritme però amb encert, escombrant penes i acollint secrets. No obstant això, al final, llegeix un tuit, o uns quants, no ho sé. Està molt seriosa, el seu rostre sembla de gel, no demostra res, i em preocupo.

—Gabriela, què passa?

—Saps aquella amiga de la teva mare que ha vingut a visitar-nos a l'hospital? —em pregunta.

—La María Elena Campuzano.

—És del seu compte. Piula que la meva mare ha perdut el fill que esperava, que aquesta nit ha ingressat a l'hospital de la Mare de Déu Blanca. Diu que això només és un avanç i que demà sortirà tot a les revistes.

—Maleïda bruixa —renego.

—La teva mare està embarassada? —pregunta en Genís, innocent—. Vaja, doncs sí que em sap greu.

—Que no et sàpiga greu, guapo —esbufega la Gabriela, amb veu enfadada, ara sí—. Ni estava embarassada, ni ha perdut cap nen, per descomptat, ni res de res. Aquesta dona m'ha vist aquesta nit a l'hospital i ha tret les seves conclusions. Errònies, és clar. Dídac, què fas?

Veu que em trec el mòbil i marco un número.

—Marlene? Ja ets a l'aeroport? Dormies? Ho sento. No, no passa res, tranquil·la, tot està bé. Vull que em donis el contacte d'aquella amiga de la mare a qui has telefonat abans. Sí, Campuzano. María Elena. D'acord, doncs busca'l i me l'envies per WhatsApp. T'estimo. Que no, que no passa res. No, encara no sé res de la mare. Va, torna a dormir una mica. Un petó. No, tres-cents. Tres-cents mil.

Penjo.

—No val la pena —m'avisa la Gabriela, compungida.

—Deixa'm fer —la tallo.

—Algú em pot explicar què passa aquí i qui és aquesta Campuzano? —exigeix en Genís.

La Gabriela l'hi comenta per sobre. Jo estic pendent del WhatsApp. Al cap de no res, la Marlene m'envia el número d'aquesta bruixa. El marco, i m'adono que ja el tenia. Ara que hi penso, me l'ha donat ella mateixa abans d'anar-se'n, aquesta nit a l'hospital. Em sap greu haver neguitejat la Marlene.

—Dídac, no facis cap bajanada —em torna a aconsellar la Gabriela.

Però estic molt indignat, i la indignació fa que em llanci, encara que sigui al buit.

21. Informació

Diumenge, 24 de juny. 02.10 h. Avinguda de les Palmeres.

—María Elena Campuzano? —pregunto, en sentir a l'altra banda la veu estrident de la companya de la mare, amb un fons de música moguda.

Poso l'altaveu, perquè els meus amics sentin la conversa.

—Sí, soc jo, qui ets?

Ara recordo que abans, a l'hospital, m'ha demanat el meu número i m'he negat a donar-l'hi. Li deu sortir que és un número desconegut. Això fa que ràpidament canviï els plans i trami alguna cosa més maquiavèl·lica.

—Ningú.

—Com dius? No sento res, aquí hi ha molt renou. Espera't, que surto en un moment.

Està uns segons en silenci. Noto que la música es va allunyant.

—Ja està. Em sents millor?

—Jo sí.

—Amb qui parlo?

—Ja t'ho he dit. Amb ningú.

Intento distorsionar una mica la veu perquè no em reconegui.

—Entesos. D'acord. I què vols?

M'imagino que aquesta gent està acostumada a trucades anònimes per informar de qualsevol absurditat, de les quals, després, treuen tant suc.

Miro la Gabriela, que m'observa amb els ulls espantats. No vull posar-la en cap dificultat, ni a ella ni a la seva mare.

—És sobre el casament d'aquest cap de setmana a Nàpols —deixo anar de cop.

—El del comte de Madrigal amb la model austríaca Anne Patiff, exparella del tenista Birman Plost?

—El mateix —dic sense tenir ni idea de qui són aquests personatges, però assumint que he de fer veure de quin em parla.

En Genís i la Gabriela semblen dues estàtues de pedra encimbellades al respatller del banc. No em deixen de mirar amb una expressió atònita autèntica, boja, enorme. Jo em moc amunt i avall davant seu, gesticulant, pensant a mil per hora, intentant argumentar una història sonada, absurda, però creïble per a aquesta classe de persones.

—Tinc una notícia —començo, sense saber gaire bé per on anar; em fa falta més informació, que ara mateix no tinc.

—L'exdona del comte s'ha sortit amb la seva, pot ser? L'ha demandat per extorsió i el deixarà sense res?

Allunyo el mòbil i murmuro als meus sorpresos amics:

—Aquesta dona és una mina. M'ho posa en safata.

—És que es veia a venir —continua la senyora Campuzano a l'altra banda—. I ara què passarà?

—Doncs que demà mateix, en veure que el seu promès pot arribar a ser més pobre que les rates, la model volarà a Viena després d'abandonar els preparatius del casament —dic, a poc a poc, meditant les paraules—, de deixar plantats els convidats que ja han arribat i d'haver fet treure els mobles del pis que compartia amb el comte.

—Que no eren seus —afegeix la periodista—, perquè tot ho havia pagat el comte.

—Exacte —dic seguint-li la veta—. I ha reconegut a la seva millor amiga que encara està enamorada d'en Birman Plist.

—Plost.

—Això mateix. Ningú ho sap encara. Ho sé jo perquè conec algú del seu cercle més íntim. I encara hi ha més coses.

Callo i, a l'altra banda, noto una dona que és un feix de nervis.

—Què més hi ha? Què més? —s'impacienta ella.

—Que la model està embarassada.

—Del comte?

—Ho explicarà tot quan arribi a Viena. Però jo ja ho sé. I més, encara hi ha més coses —insisteixo, sense cap pudor.

Ja tant se me'n dona tot.

La Gabriela, amb les mans, m'adverteix que freni, i amb els dits em fa el senyal de cobrar diners. L'entenc.

—Aquesta informació té el seu preu —dic ràpidament.

—És clar, és clar, parlaré amb els meus caps.

Malgrat les advertències de la Gabriela, ja no sé com aturar-ho i m'arrisco.

—El comte de Madrigal té un fill secret —deixo anar a l'atzar—. La presumpta mare apareixerà d'aquí a pocs instants en una roda de premsa amb el certificat mèdic que ho demostra.

—Una roda de premsa a aquestes hores?

—És al Brasil —deixo anar, sense pensar—. Allà és més d'hora.

—Tens raó. I qui és ella? La mare, vull dir.

—La secretària general de Turisme i Economia del govern del país. La va conèixer quan era jove, quan se'n va anar a estudiar a Rio de Janeiro. Llavors encara no era secretària general, era una professora de samba.

—No sabia que el comte de Madrigal hagués estudiat a Rio de Janeiro.

—Quatre anys —m'invento.

—És clar! —admet de sobte María Elena Campuzano—. Per això se li han descobert els comptes bancaris a Amèrica!

—Per pagar els estudis del fill secret —continuo inventant—, la manutenció, la casa que va comprar a la mare del seu fill, els viatges secrets, tot.

—Quin escàndol, Déu meu! La noblesa espanyola s'esquinçarà les vestidures. El comte de Madrigal mantenint una segona família a Amèrica...

En Genís i la Gabriela, que ho senten tot, ara s'han de contenir les ganes de començar a riure.

—Demà mateix la dona obrirà les portes de casa seva, perquè tothom vegi el que ha pagat el comte. Es veu que és una mansió grandiosa, amb piscina, casa per als convidats i quadra de cavalls, per descomptat.

—Però donarà una exclusiva, suposo —reflexiona la Campuzano—. Una notícia així no es dona sense res a canvi.

—Doncs no —afirmo—. No li interessen els diners, només la veritat. I l'explicarà a tothom que vagi fins allà.

—I per què parla ara si no ho ha fet en tots aquests anys?

—Per despit. Sempre va pensar que el comte es casaria amb ella quan es divorciés de la seva dona —m'invento, amb una seguretat que m'espanta.

—Mare meva, he d'anar-me'n volant al Brasil. La nostra revista ho ha de treure a primera pàgina. I el nostre programa de televisió també.

En Genís no pot més. S'ha aixecat del banc i se n'ha allunyat, saltant i fent gestos com si boxegés, intentant contenir-se el riure. Sembla boig, com una cabra.

—I una altra cosa. Sé on és la mainadera dels comtes de Madrigal —apunto, totalment a l'atzar, encoratjat per la ingenuïtat d'aquesta dona, que sembla no tenir límits a l'hora d'empassar-se les boles.

—La que van fer fora l'any passat? —pregunta la dona.

Bingo!

—Sí.

—Si ningú sap on viu! Tothom la busca. S'ha fos.

—Doncs jo sé on és.

—On?

—I està disposada a explicar-ho tot.

—On? On puc trobar-la? —repeteix, amb vehemència.

—Això sí que et costarà un dineral.

—Sí, sí. Déu meu, quina exclusiva! I la mainadera sortiria per televisió?

—Per la primera cadena que li faci una bona oferta.

—L'adreça, dona'm l'adreça, el telèfon, el que tinguis.

—Demà, quan sàpiga quant em pagareu, te'n donaré més detalls. Suposo que ho has de parlar amb els teus caps.

—És clar, és clar —repeteix.

—I recorda que no hi haurà cap casament a Nàpols —insisteixo—. Ara tothom es desplaçarà a Viena. El vol de la model arribarà demà a la nit. Espera't... M'està entrant un missatge. Un moment.

—M'espero.

Jo, com els meus amics, tampoc puc més. Em moro de ganes d'esclatar a riure. I no sé gaire bé com acabar-ho.

—És el meu confident al Brasil —deixo anar—. Mare meva!

—Què passa?

—La mare del fill secret del comte ha anul·lat la roda de premsa d'aquesta nit, però confirma que demà sí que obrirà les portes de casa seva. A més del certificat mèdic que demostra que el comte és el pare del seu fill, té més documents per ensenyar. Jo ja no puc dir res més sense pactar abans unes condicions econòmiques satisfactòries, però mira, et donaré el nom del lloc on s'amaga l'exmainadera dels comtes de Madrigal, perquè vegis que hi ha bona intenció per part meva.

—Sí?

—És que m'imagino que deveu contrastar totes les notícies.

—Per descomptat.

Una vegada, quan era petit, vaig anar amb els pares a passar uns dies d'estiu en un poble perdut enmig del no-res. Al pare li havien parlat d'aquell lloc recòndit com un dels més bonics i amagats del país, on a més hi havia una espècie de flor amb la fragància de la qual ell es pensava que podria crear un nou perfum salvatge i tendre alhora, que segur que faria pujar com l'escuma la cotització de la seva empresa. Aquell indret era bonic i amagat, sí, però també avorrit fins a l'infinit. Vam trigar més de cinc hores a arribar amb el cotxe, les dues últimes per un camí de terra interminable.

Li dic el nom del poble, a la María Elena Campuzano.

—Quan arribis, no preguntis per la mainadera, perquè s'ha canviat el nom i allà la coneixen per un altre, que de moment no et puc revelar.

—I per qui pregunto?

—Per la dona dels cabells rojos.

—La mainadera no era pèl-roja.

—Ara sí.

—D'acord.

—Si surts ara, arribaràs cap a les set del matí. A les deu, la mainadera té previst emetre un comunicat. Si arribes abans, potser us entendreu i et donarà l'exclusiva. Amb la demanda de l'exdona del comte, tot s'ha precipitat.

—I tant, i tant. Me n'hi vaig volant. Hi ha cap tren o autobús?

—No hi ha res. Has d'anar en cotxe.

Això és veritat. Cap transport públic arriba en aquell racó del món.

—I el telèfon de la mainadera?

—No té telèfon ni correu electrònic. Hi hauràs d'anar personalment. Demà et truco per si vols saber el que m'acaben d'explicar del Brasil. Després ja serà pagant.

—Ho entenc, ja hi pots comptar. Mentrestant, miro si algú pot volar avui cap allà per ser els primers.

—Tu mateixa.

I penjo.

22. *Canibalisme*

Diumenge, 24 de juny. 02.25 h. Avinguda de les Palmeres.

Ens agafa un atac de riure a tots tres que més aviat sembla un atac de bogeria o d'histèria col·lectiva. Ens imaginem la periodista sortint rabent de la discoteca, o d'on sigui que es trobi, pujant al seu cotxe i començant un viatge cap a enlloc, contenta amb l'exclusiva, pensant-se que és la més llesta, mentre fa gestions perquè algú se'n vagi al Brasil immediatament i demà es personi davant la porta d'una hipotètica secretaria general de Turisme i Economia del país.

—Dídac, no et coneixia aquesta faceta! —exclama en Genís, que encara es fa creus del que acaba de sentir i viure—. M'ha fascinat la teva capacitat per inventar històries. Però segur que s'ho ha cregut? Ningú assenyat pot emprendre una aventura així basada en una informació anònima sense saber qui l'hi dona, ni si és veraç, ni res.

La Gabriela i jo, que coneixem aquesta gent més del que voldríem, ens mirem.

—I tant que sí! —diu la Gabriela, amb els ulls humits de tant riure—. Dídac, has estat increïble. Ostres, quina inventiva! Quin aplom!

—A l'inici, no era la meva intenció, ho juro.

—Ja ho sé —afirma la Gabriela.

—Però després m'he dit que no en trauria res retraient-li com n'és, de fastigosa, i com són de fastigosos els seus reportatges.

—Has fet bé. Li hauria relliscat qualsevol atac directe. Hi estan molt acostumats. Enviar-la a un poble perdut ha estat una idea genial. Però hauràs de canviar-te de número de mòbil o se'n muntarà una de cal Déu.

—Em canviaré el número, cap problema, ja veus!

—Jo encara tinc els meus dubtes —murmura en Genís—. Hi insisteixo: ningú assenyat donaria crèdit a una cosa així sense contrastar-ho.

—No contrasten res, creu-me —li respon la Gabriela, posant-se molt seriosa de sobte—. Es mouen en un món de rumors, com més inversemblants millor. Les seves notícies no porten cap segell de garantia de res i, em sap greu dir-ho, perquè em toca molt de prop, però els protagonistes de les seves històries tampoc tenen cap credibilitat. Els uns viuen dels altres. S'inventen notícies per sortir als programes, després es retracten del que han dit per cobrar exclusives, i es tornen a ficar en un altre muntatge. I a sobre en aquest país hi ha milions de persones pendents de les seves anades i vingudes, dels seus escàndols, falsos o verídics, de qui els protagonitza i de qui els explica. És una indústria en què només de pensar les quantitats que es mouen ja mareja. Hi ha bars, discoteques, restaurants, sales de festa, passis de models, festes particulars... que viuen només d'això, sense comptar, és clar, les revistes del cor i els programes de televisió. A la gent, pel que sembla, li agrada veure les vacances de l'estiu, els viatges de noces, els embarassos, els divorcis, els batejos i les baralles dels altres. Així omplen la seva vida, que segurament els resulta buida. És un procés de canibalisme de manual. Ho sé de primera mà, per desgràcia. Però saps una cosa, Genís? He après a fer servir la meva closca, com les tortugues, i quan ensumo el perill, m'amago, per prudència i precaució. I dins de la closca hi tinc els meus llibres, la meva música, els meus somnis, projectes i algun amic de debò —em mira quan ho diu i jo sento que em fonc per dins com un glaçó reescalfat—. L'interior de la meva closca és confortable i força segur. Però hi ha molt més, una qüestió molt més dramàtica, trista i cruel. Ningú es planteja què passa pel cap o la closca dels fills i filles de tots aquests impresentables. Però anem fent, som de carn i ossos, sentim i ens emocionem com qualsevol. Plorem, riem, ens espantem, odiem, estimem, abracem, somiem, fugim, correm, ens allunyem, tornem, patim, ens amaguem o ens tornem invisibles. Anem fent, sí, creixent com podem, intentant estimar els nostres pares sense fer-nos gaires preguntes d'on ens porta tot plegat, ens tornaríem bojos abans d'hora. I, un cop creixem, quan ja no ens protegeixen les lleis del menor, sortim a la llum pública. Hi ha qui sap conservar la closca intacta. Però n'hi ha que no. I això és el més miserable, crec, d'aquest negoci, quan els fills d'aquest exèrcit d'insensats es fan grans i perden el nord, i sospiren per viure de no ser ningú, com han vist fer als seus pares i mares, i comencen a sortir a les revistes i als programes de televisió a explicar que han tingut una depressió o que tenen un nòvio, tant és, i roben cors i entrevistes, i aixequen enveges i mentides al seu voltant. Per descomptat, els ocells rapinyaires els atrapen sempre, els troben desprotegits i s'hi aferrissen. Hi ha una certa olor de podrit en tot això quan apareixen els fills i filles d'aquests falsos famosos, amb la seva majoria d'edat acabada d'estrenar, pastura d'addiccions, de baralles per herències, de falsos nòvios, d'embarassos prematurs, d'amics de mentida o de programes en què els exhibeixen com s'exhibeixen els animals exòtics a les gàbies del zoo. Em fa por arribar a aquest moment i no estar prou preparada per rebutjar-lo, o no tenir la closca amb una posada a punt feta a consciència per suportar qualsevol embat. M'estic preparant, però no sé si seré capaç d'aguantar-ho, de mantenir-me lliure i neta. Alguns ho fan, però costa, ho sé, costa molt, perquè sempre tens gent apostada a la porta de casa, amb la càmera i els micròfons a la mà, que et persegueixen a qualsevol lloc, a la perruqueria, a l'escola, a la festa d'aniversari d'un amic, al ginecòleg, al dentista, a la platja, al cine o a l'església. Et roben l'anonimat, penetren en la teva vida sense cap mirament, t'esberlen de dalt a baix com en una autòpsia en viu i en directe. Malgrat que tu no has fet res per merèixer això. Només has estat el «fill de» o la «filla de». Com si no tinguéssim ja prou pena. És tan injust que em moro de ràbia quan ho penso amb deteniment. Per això intento no pensar-hi i deixar que la vida flueixi aferrant-me a les coses bones que em dona. En fi, ja tindré temps per encarar el que vingui.

M'adono que mentre ha deixat anar aquest llarg desfogament pensava en la seva germana Sofía, i que pateix d'allò més per ella.

En Genís i jo ens hem quedat molt tocats amb aquesta exposició encertada, en la meva opinió, de la Gabriela. A mi, almenys, no se m'acut res a dir-li. Té tanta raó! I ho ha exposat tan clarament que noto el meu cor i la ment totalment en sintonia amb els seus.

No puc fer altra cosa que acostar-m'hi i abraçar-la amb tota la meva força, amb tot el meu sentiment, amb tot el meu amor. En Genís fa el mateix.

I així ens quedem tots tres, abraçats enmig d'una de les placetes de l'avinguda de les Palmeres, sota un cel curull d'estrelles, com tres nàufrags del món.

23. *Matinada*

Diumenge, 24 de juny. 03.00 h. Casa d'en Dídac.

—Et puc abraçar?

—És clar —em respon la Gabriela.

Som al meu llit, que és enorme. En Genís dorm en una de les habitacions de convidats. Fa una estona, quan hem decidit que tots tres descansaríem una mica a casa, ha enviat un whatsapp al seu germà per dir-li que era amb mi i que no l'esperessin fins al migdia, almenys, però no li ha comentat res més. El meu amic és tan discret i tan generós, que m'emociona quan hi penso.

La porta del balcó està mig oberta i entra una brisa suau, que mou les cortines lleument i dona una sensació de frescor i pausa.

Abraço la Gabriela amb un afecte immens que em desborda. Enfonso la cara en els seus cabells, que fan olor de préssec. Noto que ella em busca la mà i, quan la troba, hi fa un petó. Jo també li beso els cabells.

—Recorda que som al primer dia de les nostres vides —m'adverteix en un murmuri.

—Ximpleta —ric

Però, en el fons, sé que ja m'agradaria ser de ple en el segon. Li faria l'amor amb suavitat, li petonejaria els ulls i els llavis, li resseguiria el cos pam a pam, la cintura, els pits, les cames, intercanviaríem tendresa i passió, tot alhora, si és que es pot, perquè encara no ho sé.

El més a prop que he estat de fer l'amor amb una noia va ser l'any passat, al viatge de fi de curs, en un hotel de Roma. Llavors m'agradava molt la Carla i jo a ella. Encara no sé com ho vam fer per quedar-nos sols a la meva habitació. Em sembla que tots dos vam dir que no ens trobàvem bé per no haver d'anar a no sé quin museu. I se'ns van presentar per davant quatre hores de llibertat i de secrets. Va ser un desastre, perquè jo estava molt nerviós i ella molt encesa. Recordo que feia molta calor i que se sentien moltes veus pels passadissos d'aquell hotel petit i perifèric, que l'habitació donava a un pati interior ple de gats barallant-se i que el llit era molt petit, cruixia i tenia una vànova horrible, verd estrident amb un estampat de flors d'un color salmó espantós, com de pollastre cru. Després, en recordar-ho, vam riure molt. Però en aquell moment jo em volia morir. Al final, no vam fer res i, en el fons, me n'alegro, perquè la Carla no m'agradava tant com em pensava.

Sé que amb la Gabriela seria diferent, molt diferent, que tots sentiríem desig autèntic, que ens buscaríem, que n'aprendríem junts, i que junts també descobriríem el nostre cos i els nostres sentiments. Però, per ara, sembla que no pot ser.

Mira-la, s'ha adormit. Li noto la respiració compassada i lenta. Encara té la meva mà ben aferrada a la seva. L'altra la té sota el cap. No s'ha tret res, només les sandàlies, i s'ha deixat anar els cabells, que, fa una estona, al carrer, portava recollits en una cua molt divertida.

Que guapa que és i com me l'estimo! Em torna boig la seva dolcesa i el seu caràcter aparentment retret però tan obert quan s'entrega, la mirada penetrant, els ulls verds, el serrell llis i lluent, la veu murmuradora, la fermesa, el cos esvelt, la generositat, la discreció, l'olor de sabó lleuger i de fruita dolça, els arguments sempre tan encertats, la fragilitat en alguns moments, els peus perfectes, els genolls, els llavis, les galtes, tot.

Que passi aviat el primer dia de les nostres vides, va! I que arribi ja el segon, per la porta gran, amb orquestra, amb un sol radiant, amb un cel net, amb una alegria i una emoció infinites.

No sé ni què em dic. Estic cansat després d'aquest dia llarg ple d'emocions a dojo. I falta tant encara, tantes peces per recompondre, tantes converses pendents, tants retrets per llimar! I ves a saber com evoluciona la meva menuda, la Mafalda.

Estic cansat i també vull dormir. M'ho mereixo, com diria la Marlene. El record d'aquesta dona increïble entenebreix el meu descans, perquè no m'he sentit prou valent per dir-li que quan torni amb els seus fills ja no hi haurà espai per a ella en aquesta casa. No sé si no m'he vist amb prou valentia per fer-ho o és que, en el fons, encara no m'ho crec.

Una cosa més m'enterboleix els pensaments aquesta matinada insòlita, una cosa que ha dit el metge sobre el pare aquesta tarda. Però ara ja no recordo què era. Tinc son.

Se'm tanquen els ulls i sento com si el cos em pesés el doble.

24. *Missatges*

Diumenge, 24 de juny. 07.45 h. Casa d'en Dídac, cuina.

«Escolta, tu, siguis qui siguis, soc en un racó perdut del món, plena de pols, despentinada, amb el vestit com un pergamí i el cotxe com si acabés de travessar el desert sota una tempesta de sorra, en un bar d'avis centenaris i esdentegats que prenen cigalons un rere l'altre, fa olor de ceba i sardines, i aquí ningú sap qui dimonis és la dona dels cabells rojos. Truca'm. No ho sé, potser no vaig apuntar bé el nom del poble. Truca'm o… o… o… Truca'm!»

En Genís, la Gabriela i jo ens partim de riure amb els missatges de la María Elena Campuzano, amb la seva veu cridanera i la seva desesperació. En tinc divuit. També un munt de trucades perdudes que he ignorat.

Un altre missatge diu:

«No hi ha secretaria general de Turisme i Economia al Brasil. Hi ha un secretari de Turisme i una secretària de Planificació, una dona de seixanta anys, sense fills, que viu en un apartament de cinquanta metres quadrats al centre de Rio i no en una mansió amb piscina i cavallerisses. Em podries donar més dades, si us plau? El company que està a punt de viatjar cap allà no sap ni per on ha de començar. No li quadra res!».

I un altre:

«He parlat amb els meus caps i ja han canviat els

plans de Nàpols. Estem buscant vols per a Viena aquesta tarda. Espero que sigui veritat, el que m'has explicat, perquè a Nàpols ningú en sap res i tothom està preparant i esperant el casament de dissabte. Truca'm!».

En sentir aquest missatge, m'he adonat que potser la mare ja està fent les maletes per anar-se'n a Viena.

—He de trucar a la meva mare.

Però continua sense respondre i no tinc cap missatge seu.

En Genís ha fet cafè i la Gabriela està torrant pa. Jo trec uns sucs de la nevera, i també mantega, melmelada, formatge i tres iogurts de fruits vermells. Veig el pollastre amb salsa d'ametlles intacte, en una carmanyola de plàstic, tal com el va deixar la Marlene.

—Algú vol pollastre amb ametlles?

Prefereixen les torrades amb alguna cosa, i ho entenc.

Truco a la tieta Bel, que em diu que la Mafalda està molt millor, que ella torna cap a casa seva, perquè la cangur d'en Toni se n'ha d'anar, i que el meu pare es queda amb la Mafalda.

—Per cert, crec que t'espera —em diu molt seriosa—. Dídac, va passar res ahir?

—Diguem que sí.

—Doncs vine i en parleu, perquè aquestes coses són com les traques dels focs d'artifici, saps? Hi cales foc i després ja no es pot parar.

—Esmorzo, em vesteixo i vinc. Gràcies per tot, tieta.

—Gràcies per què? Va, no triguis.

—No.

Penjo i entra un altre missatge de la maleïda Campuzano que m'explica que al poble del costat sí que hi ha una dona amb els cabells rojos que ningú sap gaire bé d'on ha sortit. Déu meu!

—Què faràs, amb aquesta sonada? —em pregunta en Genís.

—No ho sé.

—Deixaràs que vagi tot el dia amunt i avall? —insisteix el meu amic

—I què vols que faci? Que li truqui i li digui que tot ha sigut una broma?

—Almenys que el del Brasil no se'n vagi, nano —diu.

—I desmenteix allò de Viena, que si li toca a la teva mare, ves a saber quan torna —afegeix la Gabriela, plena de sentit comú.

I, just en aquest moment, em truca la mare. Per fi!

25. *Mare*

Diumenge, 24 de juny. 07.55. Casa d'en Dídac, sala d'estar.

—Dídac?

—Mira qui truca! Una aparició!

M'aixeco de la taula de la cuina i me'n vaig a la sala per parlar amb més llibertat i no incomodar els meus amics.

—Ironies, les justes, Dídac, que al maleït avió les he vist de tots els colors.

—Quina llàstima que em fas!

—Va, explica'm, què li ha passat a la Mafalda? On és? Com està, la meva nena? No he pogut veure els teus missatges fins ara, després d'hores i hores tancada a l'avió, i volant en cercles, jo crec que fins i tot se'ls ha acabat el combustible, perquè entre la tempesta i la vaga de controladors...

—Mama...

—I ara a sobre em diuen que me n'he d'anar a Viena, un embolic de la feina, que potser no se celebra el casament a Nàpols, i que si hi haurà comunicats que seran com una bomba... En fi, el teu pare també m'ha deixat un missatge i m'assegura que la nena està millor i que el seu amic Jordi es va encarregar de tot. És una joia, aquest Jordi. Tan estirada que és la seva dona, que sembla que s'hagi empassat un pal d'escombra, i en canvi ell, tan senzill, tan generós, tan educat, tan professional...

—Mama, escolta'm...

—I la tieta Bel, què hi pinta, a l'hospital? També tinc missatges seus. Es pot saber per a què li has trucat? No saps que no ens parlem? El que em va dir la nit de Nadal, que semblava una vella amargada! I la senyora Remei i la Marlene... Escolta, de debò que n'hi havia per tant? Per un simple refredat has mobilitzat mig món, rei, que sembla que hagi esclatat una guerra. Me'n vaig uns dies i mira quin enrenou muntes...

—Mama, o calles o et penjo! —crido.

De cop, es fa el silenci a l'altra banda, curt, sense gaire pausa.

—A veure.

—Primer de tot, no te'n vagis a Viena, és tot un engany.

—Què?

—I truca a la teva amiga María Elena Campuzano perquè no enviïn ningú al Brasil i digues-li també que se'n torni, que no trobarà res allà on és. Si vols, explica-li que he sigut jo, que m'ho he inventat tot, allò del Brasil, de Viena i d'enviar-la a la quinta forca. Tant m'és. I tu torna aquí d'una vegada. La Mafalda et necessita al seu costat i no a un munt de quilòmetres de distància i amb el cap més pendent d'uns assumptes idiotes que de la vida de la teva filla.

—On dius que és, la María Elena?

No m'ho puc creure. En comptes de parlar de la Mafalda només em pregunta per aquesta idiota de la seva feina. És que és l'únic que li importa? Esbufego.

—Està buscant algú a qui no trobarà. L'he enviat a aquell poble perdut on el papa ens va dur un estiu per crear un perfum nou, te'n recordes? Sí, te'n deus recordar perquè vas dir que no hi tornaries ni per un milió de dòlars. Recordo això del milió de dòlars perquè em va sonar a frase de pel·lícula barata. Per cert, la teva amiga és molt fàcil de convèncer, i tan incauta, tan imprudent, tan imbècil, que s'ha empassat tot el que li he explicat.

S'inicia un silenci a l'altra banda, aquest cop més llarg, com si la mare intentés pair amb molt d'esforç el que acabo de deixar-li anar sense pausa.

—Dídac, tu i jo hem de parlar molt seriosament —diu al cap d'uns instants.

—A veure si és veritat —li deixo anar—. I ja de passada m'expliques el problema del papa —dic, en recordar-me'n de sobte.

—De què parles? Què en saps, d'això del papa? —pregunta, amb veu alterada.

—Res. Per això dic que…

—Mira, Dídac —respon, com si ofegués un sospir d'alleujament—, oblida-te'n, d'això del papa. Jo ara intentaré arreglar l'embolic que has muntat. Trucaré a la María Elena i a veure com em disculpo. Estarà feta una fúria. M'estic jugant la feina, que és del que depèn el teu futur, i tu fent pallassades com si fossis un marrec de cinc anys. Estic disgustada amb tu, Dídac. Això no quedarà així, em sents? T'has passat un fotimer. Ah! I si veus la Gabriela, digues-li que em sap greu l'avortament de la seva mare. Encara sou molt amics, oi? Com està? Te n'ha dit res? Està molt trista? Creus que la Sofía, la seva germana, farà la festa igualment?

Penjo amb ràbia. Al cap de cinc segons, torna a trucar.

—Escolta, a la mare no se li penja.

—I a una filla petita i malalta no se l'abandona.

Torno a penjar.

I aquesta vegada, ja no hi ha més trucades.

26. Milloria

Diumenge, 24 de juny. 09.15 h. Hospital de la Mare de Déu Blanca, habitació 512.

El pare fa ulleres i té el rostre seriós i cansat. Està escarxofat en una butaca al costat del llit de la Mafalda, que té els ulls oberts i em somriu així que em veu. Ja no porta la màscara d'oxigen ni el sèrum i té entre els braços el seu hipopòtam blau, a qui fa petons i abraça sense parar. El pare em mira inexpressiu, sense dirigir-me ni un indici de somriure. Consulta el mòbil. Per a ell, és com si no hagués entrat ningú. I no puc evitar que em faci mal el cor.

En Genís i la Gabriela se n'han anat cadascú a casa seva. M'ha costat convèncer'ls, però sento que ha arribat el moment de fer unes quantes coses jo tot sol. Els agraeixo de cor la companyia que m'han fet aquesta nit, la seva complicitat i afectes, són uns amics inigualables, però ara toca que m'endinsi sense guardaespatlles en la meva batalla particular contra el pare. «Però truca per al que sigui, em sents?, per al que sigui, a qualsevol hora», m'ha dit en Genís abans d'acomiadar-se, embolcallant-me en una abraçada forta i contundent enmig del carrer, davant la porta de casa meva, sota un sol del color dels ous ferrats. El comiat de la Gabriela ha sigut més subtil, més dolç, com un centelleig fugaç que es desprengués d'un embull d'emocions. «Cuida't molt», m'ha xiuxiuejat, mentre m'acariciava la galta amb els llavis. I la senyora Remei, plantada a la vorera amb una regadora, amb la qual regava els arbustos que flanquegen la rampa de l'entrada, no se'n perdia detall. «Així que heu dormit una mica, tots tres a casa teva...?, doncs em sembla fantàstic, que ben merescut ho teníeu, sí senyor, i prou habitacions hi ha en aquest pis per descansar tranquil·lament. Fes molts petons a la nena i, quan puguis, em dius com està, que això és molt gros. Quina angoixa, Verge santa! Quina pena! I la teva mare sense aparèixer! I la Marlene volant cap al seu país! Vols que et compri alguna cosa, el pa, o menjar preparat, el que sigui?»...

—Si et quedes una estona, aniré a fer un cafè —em diu el pare finalment, amb els ulls clavats a la finestra—. Cuca, el papa se'n va un momentet —diu a la Mafalda, encara que tampoc la mira.

I surt a poc a poc, arrossegant els peus i l'ànima, amb un aire de desconcert.

Entra una infermera que porta un biberó i un aire de frescor.

—Com està, aquesta preciositat? —pregunta, somrient.

—Sembla que estigui millor —dic.

—D'aquí a una estona passarà el metge i us explicarà el que hi ha. L'hi dones tu? —i m'ofereix el biberó.

—Per descomptat.

La Mafalda obre uns ulls immensos en veure la llet. Deu tenir gana, perquè allarga els braços i mou les cames. Li dono el biberó i ella mateixa l'agafa i se l'endú a la boca. Jo la veig bé. Que lluny que queda aquella nena endormiscada amb febre, sense gairebé poder respirar, que la Gabriela i jo vam acompanyar en l'ambulància! A veure què ens explica el metge.

27. Roselles

Diumenge, 24 de juny. 09.50 h. Hospital de la Mare de Déu Blanca, habitació 512.

—I la Mafalda? —pregunta el pare, entrant a l'habitació.

—Ha passat el metge i un infermer se l'ha emportat per fer-li unes plaques i no sé què més. Quan tornin, ens informaran del seu estat. I s'ha pres tot un biberó amb moltes ganes.

—D'acord.

I ara sí. Ara s'inicia un silenci d'aquells tan esglaiadors, amb perfum de retret i amb la mateixa incògnita que envolta la rosella quan encara està tancada. Sortirà blanca, sortirà vermella, sortirà rosada? De petit, m'agradava recollir tots els capolls de rosella que trobava en les nostres esporàdiques sortides al camp, els aixafava contra la mà tancada i veia quin color amagava a l'interior. Cada capoll de rosella era una sorpresa, un crit, un espasme de diversió, un aleteig de misteri.

«Qui hauria de començar?», em pregunto. Qui hauria d'articular el primer retret o la primera disculpa? I no ho sé. Soc incapaç d'analitzar fredament la situació, tot i que no em penedeixo de res del que vaig dir i vaig fer ahir. Potser no vaig saber posar-me a la pell del pare i no vaig entendre que tornava cansat del viatge, sense saber res, totalment aliè al que havia passat. Però per la mateixa regla de tres, ell hauria d'haver entès que jo estava angoixat, enfonsat, desesperat i tot sol. Bé, sol no. El que vull dir és que ells, els pares, no hi eren. El viatge del pare estava previst i anunciat, però el de la mare...

—El teu amic s'ha portat molt bé —començo.

—Quin amic? —pregunta, una mica desorientat, com si el tragués de no sé on.

—En Jordi, el metge. Perquè era dissabte a la tarda, era a casa seva i ho va deixar tot per atendre la Mafalda. Ja me'l vaig trobar aquí quan vam arribar en l'ambulància.

—Sí, en Jordi, és clar, ja he parlat amb ell, i l'hi he agraït.

—Em va dir una cosa...

—De la teva germana?

—No, de tu.

No em puc treure del cap que el pare té un problema que en Jordi i la mare saben i jo no. I necessito saber si és un problema de salut. És que soc una mica hipocondríac, m'espanta estar malalt o que algú proper pugui emmalaltir. Potser per això ahir em vaig posar més nerviós del compte a l'ambulància amb tota la situació de la Mafalda.

—Em va dir que tens un problema.

—I què?

El papa s'ha posat a la defensiva de seguida.

—Que m'agradaria saber quin problema és.

—Tu?

—Sí, papa, jo, soc el teu fill i m'agradaria saber si estàs malalt o et passa res.

El pare sempre ha estat un home fort, que es cuida molt, amb sessions diàries al gimnàs, alimentació controlada, respecte per les seves hores de descans, poc alcohol i res de tabac ni d'altres addiccions, que jo sàpiga, i intenta mantenir aquest control fins i tot en els seus múltiples viatges de feina.

—Ara mateix no crec que sigui el moment de parlar dels meus problemes.

—Per què?

—Doncs perquè tenim la Mafalda ingressada, i això és prioritari. A més, els meus problemes són cosa meva.

Es tanca en banda, ho noto, i això fa que els meus dubtes s'alimentin encara més.

—Però si estàs malalt...

—Que no n'estic, de malalt! Fes el favor de treure't aquesta idea del cap. No entenc per què en Jordi et va parlar del tema.

—Em sembla que se li va escapar sense voler.

—Ja.

—Llavors, què et passa?

—A tu t'ho explicaré... —xampurreja.

Les roselles, així que les aixafava a la mà, em mostraven els seus secrets. El pare, però, no em desvelarà res.

—Doncs parlem del que va passar anit —proposo.

—Anit no va passar res —talla, contrariat—. Tu estaves nerviós pel que havies viscut i jo em vaig posar nerviós perquè no me n'havia assabentat. Procurem que no es repeteixi. Punt final.

Ni disculpa ni retrets ni queixes, cap explicació més. Vol oblidar-ho i que jo també ho faci.

Agafa el diari que ha portat quan ha tornat de fer el cafè, l'obre i enfonsa la vista en unes notícies que sospito que no llegeix. Amb el seu silenci i la seva actitud m'indica que ja no té res més a parlar amb mi.

Jo encenc el mòbil, surto al passadís i sento un missatge molt desagradable de la María Elena Campuzano: «Ets una persona deslleial, traïdora i amb mal cor. T'has aprofitat de mi i de la meva generositat. T'has divertit d'allò més amb mi. Només espero que rectifiquis la teva manera de ser o ho passaràs molt malament a la vida. Lamento profundament que la meva amiga Mònica tingui un fill com tu».

Que la bombin.

28. Robots

Diumenge, 24 de juny, 13.05 h. Casa de la tieta Bel.

—I la Mafalda? —em pregunta la tieta Bel així que obre la porta i em veu.

—Molt millor. Segurament demà ja la podrem portar a casa.

—Fantàstic.

I em fa dos sorollosos petons.

—Entra, va, no deus haver vingut només per dir-me una cosa que em podies explicar en un whatsapp i quedar-te tan tranquil.

El meu cosí Toni s'està barallant amb un exèrcit de robots a la Play. De la cuina surt una oloreta de sofregit del bo. Les persianes estan mig abaixades i es respira un aire fresc, confortable i reconfortant en aquest pis deu vegades més petit que el nostre i mil vegades més plàcid i familiar.

—Estic fent una paella —m'anuncia la tieta—. Si em dius que et quedes, hi ficaré un grapat més d'arròs.

—Em quedo.

No sé quantes vegades he dit al pare que se n'anés a descansar una estona a casa, que ja em quedava jo amb la Mafalda, que li donaria el dinar i el que fes falta. I no sé quantes vegades ell m'ha respost que no, que no vol deixar la nena. M'he sentit inútil, com que sobrava, com una criatura petita a qui no se la pot deixar a càrrec de res. «Doncs ahir bé que em vaig ocupar de tot», li he dit en un moment del nostre estira-i-arronsa. «Ahir, per desgràcia, jo no hi era», m'ha respost, i es notava que li sabia greu de debò.

Tot això ho explico per damunt a la tieta Bel, a la cuina, mentre remena el sofregit i obre una llauna de calamarsons amb la tinta i una d'olives farcides per a l'aperitiu.

—Es deu sentir malament amb ell mateix —dedueix—, i ara vol rectificar. No l'hi tinguis en compte.

—S'ha passat tot el matí amb la Play?

—Qui? En Toni? Sí.

—Sembla mentida que siguis mestra —li recrimino.

—I tu, que només tinguis quinze anys.

—Ja hi som.

—I què volies? No he dormit en tota la nit. He arribat, m'he dutxat, m'he estirat una estona al llit i després m'he ficat a la cuina. No he tingut temps de res més. Els diumenges, generalment, anem al parc a jugar a beisbol; a en Toni li encanta aquest esport, no sé ben bé per què; o sortim d'excursió amb uns amics. Bé, i ara, quan arriba l'estiu, anem a la piscina municipal. Però, fill, avui se'm tanquen els ulls, després d'estar tota la nit en vetlla.

—És clar, és clar. Perdona.

—Doncs no.

Però riu. La tieta Bel és increïble. Parlar amb ella és el més fàcil del món. Per això he vingut.

—Per què has vingut exactament? —em pregunta.

En Toni, per fi, ha deixat la Play i para la taula.

—A parlar amb tu.

—Doncs amb en Toni per aquí serà difícil, perquè és una esponja, ho absorbeix tot, i després ho elabora i ho digereix a la seva manera. Espera't un moment.

La tieta Bel busca el mòbil i té una conversa breu amb algú que li ha respost de seguida.

—Toni —li pregunta, quan penja—, què et sembla passar la tarda amb l'Oriol i els seus pares? Diuen que aniran a la granja dels seus avis, i podràs muntar a cavall si vols. I donar de menjar a les gallines. A veure si em reculls uns ous ben bonics.

—M'estimo més muntar a cavall. Les gallines fan pudor.

Mengem tots tres amb ganes, ens empassem la paella en un moment. En Toni ens explica com ha estat la seva lluita contra els robots amb tota mena de detalls. Fa quatre dies que han començat les vacances escolars i està eufòric amb els gairebé tres mesos que se li obren per davant. Però la tieta Bel ja l'ha apuntat a un campament de quinze dies al juliol i a les classes d'anglès quasi tota la resta de l'estiu.

—I no anirà uns dies amb el seu pare? —pregunto, aprofitant que en Toni ha anat al lavabo a rentar-se les dents.

—Tu saps on és, aquest home? Perquè jo no.

I descobreixo una ràfega d'amargor molt profunda als ulls de la tieta.

29. *Nocturn per a la Mafalda*

Diumenge, 24 de juny. 16.50 h. Casa de la tieta Bel.

—En el fons, crec que l'experiència d'aquesta nit t'ha anat bé.

En Toni se n'ha anat fa una estona i estem tots dos sols asseguts al sofà. La tieta Bel ha posat una música molt dolça, clàssica, que acompanya sense marejar; al contrari, calma.

—Nocturn opus 9 número 2 de Chopin —m'apunta, amb els ulls tancats, seguint el ritme amb el cap—. Un tranquil andante dins d'un rondó, ja saps, un tema principal que s'alterna amb altres interludis, cosa que aquí resulta una mica xocant.

Jo no sé què és un rondó; soc força negat per a la música clàssica.

—El resultat és una melodia suau que flueix lentament, sense feixuguesa —continua—, però transmet, fixa-t'hi, una mena d'angoixa subjacent, com tota l'obra de Chopin. La secció final, concretament des de l'últim pentagrama, s'ha de tocar amb un estrany *senza tempo*, és a dir, sense temps.

La tieta Bel porta la música a les venes. Té talent per tocar el piano i ara s'ha apuntat a classes de violí i arpa.

—El que va passar ahir a la nit, noiet, ha estat això per a tu, un nocturn. Titula'l *Nocturn per a la Mafalda*, si vols. La teva nit ha anat fluint lentament, alternant temes superposats, amb una angoixa subjacent que anava traient el cap enmig dels salvavides que t'has buscat. La Mafalda t'ha compost sense voler un nocturn meravellós perquè et rebel·lessis contra unes quantes coses que feia massa temps que portaves dins.

—Tu creus? No ho sé, jo no ho veig així. Per a mi ha estat una nit nefasta.

—Ja veuràs que no. Deixa passar una mica de temps.

No obstant això, hi ha una cosa per a la qual el temps apressa.

—Tu saps res del problema del pare? Està malalt? Es morirà?

La tieta Bel s'incorpora i em mira fixament, amb el semblant molt seriós.

—Es pot saber de què parles? —em pregunta, amb la seva veu dolça una mica alterada.

—Que el pare té un problema i no me'l vol explicar. La mare, a qui l'hi he comentat per sobre quan hem parlat aquest matí, tampoc me n'ha volgut dir res. I tinc dret a saber si al meu pare li passa res de dolent. O no?

La tieta Bel s'aixeca per desentumir una mica les cames. Passeja per la saleta amb passes curtes, posa bé un gerro damunt del moble, passa la mà per un marc amb una foto d'en Toni amb una pilota de beisbol a les mans i un cel de blau fulgurant de fons.

—Crec que hauràs d'esperar que t'ho expliquin ells mateixos —em diu al cap d'uns instants.

—Ho saps!

—No hi insisteixis.

—Per a què creus que he vingut?

—Potser per saludar-me i passar la tarda plegats?

—Tieta!

—No és assumpte meu, no hauria de ser-ho.

—Sí que ho és. Ets el més semblant a una mare que tinc ara mateix. Bé, sense oblidar la Marlene.

—No vagis per aquí.

—Ells no m'ho volen dir.

—Ja trobaran el moment.

—Quan el pare ja estigui mort?

La tieta Bel agafa un coixí del sofà i me'l tira al cap.

—Que el teu pare no està malalt!

—Llavors, què li passa?

—Que està arruïnat!

Ha passat un núvol gros, lleig, tenebrós i feixuc per davant de la finestra, i s'ha entretingut més del compte en el nostre horitzó. La saleta queda en penombra. Encara sona Chopin, però el sento lluny, com si m'arribés a través d'un túnel molt llarg i fosc.

—Si comença a ploure, en Toni no podrà muntar a cavall. Arribarà tot deprimit —murmura la tieta Bel—. Tocarà pizza per sopar i explicar-li un munt de contes abans de ficar-lo al llit.

—Del tot? —és l'únic que encerto a preguntar.

—Com del tot? —em demana la tieta, plantada davant la finestra, contemplant la sobtada foscor del cel.

—Que si està arruïnat del tot.

—Si t'arruïnes, t'arruïnes. Si només perds alguna cosa, només perds alguna cosa, però no t'arruïnes. Quan t'arruïnes, és que no tens res, que t'ho han pres tot, que deus un munt de diners, que estan a punt d'embargar-te, que tot se'n va en orris. Arruïnar-se és això, quedar-se amb les butxaques buides, estar sense...

—D'acord! Ja ho he pescat.

Torno a tenir la sensació de mareig d'ahir a l'ambulància, la pedra enmig del pit, l'aire que costa que em flueixi als pulmons.

—Dídac, estàs bé?

—Com ho saps? I com ho sap en Jordi?

—Suposo que en Jordi ho sap perquè el teu pare li deu haver demanat diners, com a tots els seus amics, per poder fer els pagaments més urgents. Jo ho sé de casualitat. La meva professora de violí és cosina del teu pare i un dia ho va deixar anar mentre fèiem un cafè després de la classe.

—Però què ha passat per arribar a això?

—El negoci dels perfums ja no anava bé des de fa temps. Amb la crisi, molta gent ha optat per comprar costelles i fesols abans que un flascó de perfum amb aroma de tarongina, de lavanda provençal o de préssecs de la Guaiana. El perfum no es menja. Té, beu-ne una mica.

M'ofereix un got d'aigua molt freda que ha anat a buscar a la cuina mentre m'explicava això de la tarongina i els préssecs de la Guaiana. I em venta amb una revista. Tinc les temples humides i em costa respirar.

—Com et trobes?

—Malament.

—La teva mare em matarà quan sàpiga que t'ho he explicat.

—Tant m'és.

—I a mi. Només que t'hauràs d'ocupar d'en Toni si jo falto.

—I portar-lo els diumenges a jugar a beisbol?

—I explicar-li contes abans d'anar-se'n al llit els dies que estigui una mica tovet, i permetre-li de tant en tant que mati robots a la Play, i comprar-li plantilles que absorbeixin l'olor dels peus. El farmacèutic del barri sap quines són.

—D'acord.

Bec l'aigua amb ànsia.

—Si el pare s'ha arruïnat, haurem de canviar de casa, suposo, i moltes coses més.

Estic pensant en la Marlene. Si ens hem arruïnat, no podrem tenir servei i se n'aniran en orris tots els estratagemes que he pensat perquè la Marlene es quedi a casa nostra. Penso també en les vacances de l'estiu, en l'apartament de la platja en què passem gairebé un mes cada any, un apartament que potser haurem de vendre. Potser tampoc tornaran les setmanes blanques per Nadal als Alps, ni tantes altres coses a les quals fins ara no havia donat gaire importància, perquè les tinc des de sempre, sempre han estat allà, com les aplicacions que venen de sèrie amb el mòbil.

—No t'avancis als esdeveniments —m'avisa la tieta Bel—. La teva mare guanya força diners amb els seus programes de televisió i els seus escrits i els seus reportatges a les revistes del cor. S'haurà de veure tot amb calma.

Parlem una mica més, però ja d'altres coses, passant de llarg pel tema de la desfeta econòmica del pare. Entenc que la tieta ja ha fet massa explicant-m'ho i, quan arribi el moment, ja en parlaré amb els pares. La tieta Bel aplaudeix sense dir-ho la meva decisió de no tractar més el tema. I jo també, perquè parlant d'altres coses la pedra que tenia al pit es va estovant.

—Que maca que és la Gabriela! —sospira la tieta Bel, amb els ulls llampegants.

—És un sol.

—Aquesta nit t'ha ajudat a compondre el teu *Nocturn per a la Mafalda*.

—Segur que sí —admeto.

Me'n vaig abans que arribi en Toni. No tinc ànims per ajudar la tieta a solucionar les decepcions del meu cosí.

Ha acabat plovent a bots i barrals. Quan surto al carrer, el terra fa olor de mullat i una brisa refrescant bressola una tarda que es va morint molt a poc a poc, com plena de nostàlgia.

I entenc que, d'aquí a poques hores, la meva vida potser haurà canviat radicalment de rumb.

30. *Ira*

Diumenge, 24 de juny. 21.15 h. Hospital de la Mare de Déu Blanca. Habitació 512.

A l'hospital em trobo amb la mare, que sorprenentment ha avançat la seva tornada.

—Acabo d'arribar. El papa se n'ha anat una estona a casa a sopar i a descansar, després tornarà. I tu, d'on surts?

—De casa la tieta Bel.

—Es pot saber per què vas a casa seva, si saps que no ho aprovo?

—Perquè m'escolta.

—No comencem.

—No comencis tu.

No em surt ni fer-li un petó. Però sí que en faig un a la Mafalda, que juga amb l'hipopòtam blau i té les galtes rosades i la mirada somrient.

—Un cop al mes vaig amb la nena a berenar a casa seva.

—A casa de qui?

—De la tieta Bel.

—Molt bonic —diu la mare, amb ironia.

—I em va trucar per felicitar-me pel premi.

—Quin premi?

No sé ni per què m'esforço a intentar donar-li explicacions.

—Com ha anat el viatge? —pregunto.

—Un desastre.

—I el casament de Nàpols?

—No em parlis del casament, no me'n parlis. Quin embolic que has muntat! Quina vergonya, fill! Sort que la María Elena és molt amiga meva i molt comprensiva, i ningú tret d'ella sap que tu ets el responsable d'aquest caos monumental. Si no, ja m'haurien fet fora. Ets un insensat.

—I per què tothom em felicita per la manera que vaig actuar ahir amb la Mafalda menys tu i el papa?

—Tothom? La impresentable de la tieta Bel, la tafanera de la portera i la menjaclosques de l'assistenta és tothom? Mare meva! En quin planeta vius, fill?

M'he de controlar molt per no respondre-li amb menyspreu. M'he de repetir que, per bé o per mal, és la meva mare, i que deu estar cansada del viatge, com el pare ahir. No vull provocar un altre desastre emocional en les nostres vides, si més no de moment. Però m'indignen els seus comentaris, els seus pensaments i la seva actitud.

—El papa em va deixar anar una bufetada i tu només em renyes.

—Una cosa no treu l'altra. Que actuessis com ho vas fer amb la Mafalda no justifica que puguis insultar el teu pare o prendre el pèl a la meva amiga d'una manera tan cruel.

—Ho saps, això de la bufetada?

—És clar. El teu pare està molt dolgut. És que això no són maneres, fill. Les coses es parlen.

—Quan? Si no ens veiem mai!

—Quina part de la frase *hem de treballar* no entens?

—El pare ara ja no, pel que m'han explicat.

La mare empal·lideix i els ulls se li omplen d'ira.

—I qui t'ho ha explicat, si es pot saber?

—Doncs no, no es pot saber.

—La bruixa de la teva tieta, segur.

—La tieta Bel no és cap bruixa. Me n'aniré a viure amb ella si puc i m'enduré la Mafalda amb mi.

—Tu estàs sonat.

No és el moment ni el lloc, però ja no puc més.

—I qui m'ho impedirà? —pregunto, desafiador.

—Mira, Dídac, tenim problemes molt grossos ara mateix. T'ho demano per favor: guarda't els retrets i les amenaces per quan hàgim solucionat la que ens cau a sobre. O si no, si no...

—Si no, què?

—Doncs ja que hi som, t'ho dic. El pare i jo n'hem parlat i el curs que ve aniràs a estudiar a un internat anglès, a Edimburg. Ho hem estat mirant i pensem que allà recobraràs la calma que sembla que has perdut.

—Que et sents, mama? No soc jo qui ha perdut res. Més aviat crec que és el papa. Ha perdut l'empresa i els béns. I tu has perdut el món de vista. Deixar-me tot sol amb la Mafalda malalta! A qui se li acut? Segur que ni recordaves que la Marlene se n'anava al seu país.

La Mafalda ens mira amb els ulls espantats. Estem cridant massa. Però la mare i jo ja estem llançats.

—A més, jo no vull anar-me'n a cap internat. No vull deixar l'escola ni els meus amics, i he decidit tornar a jugar al futbol.

—En aquell club ple de nois sense recursos? Ni ho somiïs!

M'ofèn tant el seu menyspreu! Però ara no vull entrar en més polèmiques. Ja tenim prou fronts oberts.

—I com penseu pagar l'internat si ja no tenim diners?

—Això del pare s'arreglarà.

—Sí? Com? Demanant diners als amics, com al doctor González-Peiró?

—El teu pare es va espantar i es va posar nerviós pels embargaments, però ja ho solucionarem. D'aquí a uns dies, tot tornarà a ser com abans.

—Però si ho ha perdut tot! Com penseu remuntar l'empresa?

—No és cosa teva.

—Ah, no? Jo creia que érem una família. Bé, en el fons fa temps que ja no ho tinc tan clar.

No sé què hi faig, aquí, discutint amb una paret. Les parets no senten, no escolten, no raonen.

—No penso anar a Edimburg —afegeixo, amenaçant la mare amb el dit estirat—. Ja us ho podeu treure del cap.

—Tu faràs el que nosaltres decidim, només faltaria. I abaixa aquest dit d'una vegada! L'internat és el que més et convé ara mateix per recobrar una mica el seny que has perdut.

—Ni mort!

I me'n vaig.

L'últim que sento és el plor espantat de la Mafalda que deixo rere la porta de l'habitació 512.

Però no retrocedeixo.

31. Desenllaç

Després, tot va anar molt de pressa, amb prou feines unes hores més.

Vaig sortir de l'hospital amb una indignació que em traspuava per tot el cos. La notava en els meus ulls encesos, el cor alterat, les galtes acalorades, les mans tremoloses, l'estómac tancat, els pulmons desbocats, les cames tenallades, el front humit, el cap a punt de rebentar, la pedra enmig del pit, que havia tornat a aparèixer. Em sentia incapaç de raonar amb calma, però conservava un estrany sentit de la prudència que m'indicava que no havia d'actuar a la babalà. Perquè a la babalà, me n'hauria anat a casa, hauria recollit quatre coses, les hauria ficat en una maleta i m'hauria plantat a casa la tieta Bel.

Però tot estava massa embolicat. I em passava una cosa estranya. Dubtava. Els meus dubtes eren superiors a tota la resta. No estava convençut de res. I si era jo qui estava equivocat i els pares feien l'impossible perquè la Mafalda i jo mantinguéssim un vida còmoda? Però no, em rebel·lava, em pesaven massa l'abandonament, la deixadesa, l'oblit. La mare no sabia ni quin premi havia guanyat jo aquell hivern.

Ja era de nit i no sabia què fer. Detestava la idea de tornar a enfrontar-me amb el pare i vaig decidir no anar a casa. No obstant, m'avergonyia de tornar a refugiar-me en l'escalfor i la paciència de la tieta Bel. També tenia por de fer-me pesat amb en Genís i amb la Gabriela, així que no vaig trucar a ningú. Simplement em vaig dedicar a passejar per carrers i places fins a la mitjanit, sense rumb, sense sentir el cansament ni la son ni la gana, com un fantasma. De tant en tant m'assaltava una pena molt gran i se m'humitejaven els ulls. Altres vegades em posseïa la incertesa més voraç i em sentia petit i desvalgut. I en d'altres, en canvi, em sobrevenia un altre cop la indignació i bullia de rancúnia i fúria.

La mare em va trucar uns quants cops al mòbil. I em va enviar alguns missatges. Volia saber on era, per què no havia anat a casa; pel que sembla, ella hi havia anat mentre que el pare havia tornat a l'hospital per passar la nit amb la Mafalda. En un dels missatges, la mare em deia: «Dídac, hem de parlar abans que es faci de dia». I em va sonar molt estrany, però no li vaig respondre. Del pare no en sabia res, ni missatges ni trucades.

A mitjanit em va trucar la Gabriela.

—On ets? Per què no vens? En Genís i jo hem anat a la festa de la meva germana. Això està molt animat.

—De debò que ets a la festa de la Sofía? Creia que aquestes coses no feien per a tu.

—És per vigilar-la de prop, i perquè la mare m'ho ha demanat.

—T'ha demanat que la vigilessis?

—No, m'ha demanat que vingui.

No sabia quina relació tenia la Gabriela amb la seva mare, perquè mai en parlava. Però en aquell moment vaig entendre que devien tenir una mena de pacte que feia que la seva relació funcionés d'alguna manera i no s'enfonsés, com en el meu cas, en una espiral de retrets mutus i constants, de ressentiments i d'amargor.

—D'acord, ara vinc.

A l'entrada del local, una sala de festes molt de moda a la ciutat, m'esperaven la Gabriela i en Genís. Hi havia un munt de gent, molts focus, molts fotògrafs i moltes càmeres, tot el que jo més detestava des del fons del meu cor. A qui li podia importar que la Sofía Woodworking fes divuit anys? Doncs pel que es veu interessava a molta gent. I, tot d'una, vaig sentir repugnància.

—No sé què hi faig, aquí —vaig dir a en Genís i la Gabriela, quan vaig arribar al seu costat.

—Divertir-te una estona —em va respondre la Gabriela—. Riurem una mica i ja està.

—Jo mai he estat en un acte així —va dir en Genís—. De tot se n'aprèn, oi?

Em van arrossegar dins del local, després de superar una barrera de guàrdies de seguretat que, com que anava amb la Gabriela, em van deixar passar sense cap problema. Se suposava que la mare de la meva amiga havia llogat la sala per a una festa privada i ens havia autoritzat a entrar-hi tot i la nostra edat.

Hi havia música estrident, begudes i una munió de rotllanes de gent parlant i rient. A la pista de ball, molts joves, i altres no tan joves, ballaven.

La Sofía era al davant d'un *photocall* ple d'anuncis de marques publicitàries que, vaig suposar, devien ser les que pagaven la festa.

—Fixeu-vos —ens va dir la Gabriela—, aquests que posen ara al costat de la meva germana han vingut cobrant.

—Cobren per assistir a una festa? —es va sorprendre en Genís.

—Doncs és clar, si no, per què haurien de ser-hi?

—Suposo que per sortir a les revistes.

—També, però si se'n poden anar a casa amb un bon xec a la butxaca, millor que millor.

—És tot fum —vaig afirmar.

—I pasta —va afegir en Genís.

Llavors se'm va acostar la mare de la Gabriela. Estava radiant, amb un vestit molt ajustat de lluentons i un escot que marejava.

—Quina llàstima que la Mònica no pugui venir! Segur que la festa li encantaria —em va dir—. La Gabriela ja m'ha explicat això de la teva germana. Està millor?

—Demà ja va cap a casa.

—Me n'alegro. I ara us deixo, que hi ha molta gent a qui he de saludar. Gabriela, cuida els teus amics.

La Gabriela em volia presentar la Sofía, però va ser impossible acostar-s'hi. Estava constantment envoltada de convidats i fotògrafs.

I ens en vam anar tots tres a seure en un racó apartat.

—No sé què hi faig, aquí —vaig repetir al cap d'una estona d'estar asseguts sense parlar de res.

Tot allò em semblava una absurditat, una cosa tremendament superficial i profundament nefasta per a la Sofía. Segur que l'endemà apareixeria en totes les revistes, lluint la seva figura, el seu somriure, la seva aparent candidesa i la seva popularitat acabada d'estrenar. Era molt guapa, molt semblant a la Gabriela però amb un rostre una mica més fet, i se la veia molt acomodada en el seu paper de filla de famosa, com si l'hagués estat esperant durant molts anys. I segur que era així, pel que m'havia explicat la Gabriela. Però per a què li serviria?

—Per a què li servirà tot això? —vaig preguntar en veu alta.

—Doncs per viure —va respondre en Genís—. A partir d'ara, si com diu la Gabriela aquest és el seu objectiu, ja té la vida solucionada, almenys mentre segueixi sent jove i guapa. Quina llàstima!

—Quin fàstic! —vaig dir, sense poder reprimir-me.

—Semblem tres vells tafaners —va protestar la Gabriela—. Jo tampoc estic d'acord amb el que fa, però no m'enfonso. Aprofitem aquest moment, d'acord? Qui ve a ballar?

En Genís es va aixecar i se n'hi va anar al darrere fins a la pista de ball.

Just aleshores la vaig veure. La María Elena Campuzano se m'apropava, enfilada en uns talons de vertigen i amb una faldilla negra de tub que li arribava fins al panxell de la cama. Portava una brusa blanca d'escot paraula d'honor (conec aquests detalls per la meva mare) i unes enormes arracades que semblaven les cascades del Rin. Ningú diria que només era una periodista. Semblava ben bé la reina de la festa.

—Mira qui tenim aquí —em va dir, asseient-se al meu costat—. El nou campió de la pallassada. Com estàs, rei?

Crec que portava uns quants gintònics de més.

—Deixa'm en pau.

—Ui, quins aires! Saps? Mai vaig pensar que ens trobaríem en un lloc com aquest. Un noi tan íntegre com tu, a qui li repugna tota aquesta moguda, i vet aquí, mira'l tan feliç.

Em vaig aixecar, furiós, ella em va fer seure d'un cop de mà.

—Què fas? —em vaig espantar.

—Ara m'escoltaràs.

—Perquè tu ho diguis!

—No et perdis demà les portades de les revistes ni el nostre programa de la nit —va continuar.

—Per veure la Sofía? Ja la veig i em fa molta llàstima.

—Oblida't de la Sofía. És una cosa molt més sucosa.

La vaig mirar atentament i em va passar pel cap que m'estava tornant la broma d'allò del comte, allò del Brasil i allò del poble perdut de la dona pèl-roja.

—Es tracta d'una cosa, o d'algú, molt més proper a tu —em va xiuxiuejar gairebé a cau d'orella.

Feia olor d'alcohol i de perfum, i el conjunt em resultava profundament desagradable.

—No sé de què em parles. Estàs beguda.

I vaig intentar posar-me dret de nou, però la María Elena Campuzano em tenia agafat del braç.

—T'has parat a pensar què serà de tu ara que el teu pare ha perdut la seva empresa? Com et pot canviar la vida quan s'acaben els luxes i els privilegis a què estàs acostumat? No ho has pensat?

—Deixa'm en pau.

—No obstant, la teva mare és molt astuta. Per què s'haurien de beneficiar d'aquest negoci només els personatges de què parlem als nostres mitjans? Per què no podria saltar ella mateixa a la palestra? Per què no es pot posar una periodista al nivell de la Patricia Halcón, per exemple? No seria la primera vegada que algú com ella, vull dir com la teva mare, actua així. I ja t'asseguro jo que tampoc serà l'última.

—No saps què dius —em vaig enfadar—. La meva mare mai s'avindria a aquesta monstruositat. Una cosa és parlar dels famosos i l'altra molt diferent és parlar d'un mateix.

La María Elena Campuzano va deixar anar una riallada que va llambrejar les cascades del Rin que portava penjades a les orelles.

—Que poc que la coneixes! —va deixar anar, gairebé ofegada pel riure.

I aleshores sí, aleshores em vaig desfer d'ella, em vaig aixecar i la vaig deixar allà, amb les seves insinuacions sòrdides i repugnants.

Me'n vaig anar de la sala de festes sense acomiadarme de la Gabriela ni d'en Genís. Estava fart de tot aquell muntatge, de veure com una noia jove estava a punt de vendre el seu present i destrossar el seu futur. Semblava mentida que ningú se n'adonés. O potser sí que ho veien, però per a la majoria significava allargar la nòmina a final de mes.

No volia pensar en les paraules d'aquella dona abominable, però em venien a la ment un cop i un altre. Que potser tenien relació amb l'intrigant missatge de la meva mare? «Dídac, hem de parlar abans que es faci de dia.»

I em vaig proposar esperar-me al carrer fins que obrissin els quioscos.

Em vaig adormir estirat en un banc d'una de les placetes de l'avinguda de les Palmeres, com un vagabund.

Em va despertar el musell humit d'un gos al qual una dona estirava de la corretja.

—Deixa, va, anem —li deia, perquè deixés de flairar-me.

Havia sortit el sol, però encara era molt d'hora. Vaig entrar en una cafeteria que tenia el terra mullat, acabat de fregar, i vaig demanar un cafè amb llet i un croissant. I em vaig esperar allà, sense saber què fer, fins que vaig veure que el dependent del quiosc de l'altra banda del carrer alçava la persiana. Tenia els diaris i les revistes lligats en paquets amb els cordills per terra, i vaig haver d'esperar-me una estona més perquè els col·loqués al seu lloc.

Quan vaig veure que el quiosc estava en ordre, vaig pagar l'esmorzar, vaig travessar el carrer i m'hi vaig acostar per veure les portades de les revistes del cor. En gairebé totes hi apareixia la imatge de la Sofía i un titular semblant: «Posada de llarg de la filla gran de la Patricia Halcón en una festa multitudinària». No devia haver venut cap exclusiva, perquè sortia en totes les revistes. Segur que després ja dosificaria més les seves aparicions, si en volia viure.

Com que a les portades no hi llegia res més, vaig comprar quatre revistes diferents per submergir-me en els articles i descobrir què havia volgut dir-me la María Elena Campuzano.

Amb les revistes sota el braç, me'n vaig tornar a anar al banc de la plaça i vaig començar a fullejar-les amb un cert nerviosisme. A la primera que vaig consultar ja hi va aparèixer el que tant em temia, però que fins aquell moment no havia sabut què era. I llavors tot va encaixar, les paraules de la Campuzano i el missatge de la mare, que volia parlar amb mi abans que jo descobrís el que estava llegint en aquell moment: «Surt a la llum l'idil·li entre Patricia Halcón i Ferran Martí, el marit de la coneguda periodista de temes del cor, Mònica Escrivà. La periodista no ha volgut fer declaracions, però pròximament apareixerà al seu programa de televisió per explicar-ho tot. Era del seu marit el fill que esperava Patricia Halcón?».

La notícia era aproximadament la mateixa a les quatre revistes.

Feia hores que sospitava alguna cosa, però mai vaig arribar a imaginar que fos tan baixa, tan ordinària, tan insultant, tan horrible i tan mesquina. Perquè estava convençut —vaja, hauria posat la mà al foc— que tot allò era mentida, que el meu pare i la mare de la Gabriela ni de lluny estaven junts, i que tot plegat, pel que m'havia insinuat la Campuzano, era per obtenir diners. Com en deien, d'això, en aquesta mena de mitjans? Un muntatge?

Llavors, quan encara estava atordit per aquells titulars odiosos que airejaven detalls tan personals, i falsos, de la meva família, em va sonar el mòbil.

—Dídac, soc la mama. On ets? Què fas?

—Ara vinc cap a casa.

—D'acord.

Així que hi vaig entrar, vaig llançar amb ràbia les quatre revistes damunt de la taula del menjador, davant la mirada esglaiada de la mare, i me'n vaig anar a la meva habitació.

—Dídac! Escolta'm! Tot té una explicació. Per això t'ho volia dir abans que ho descobrissis tu.

Va entrar a l'habitació darrere meu.

—Això del teu pare és molt seriós. O remuntem el negoci dels perfums o ens n'anem a la ruïna. I tu no deus voler que, tot d'una, ens quedem sense res. Em sents? Només és una mentida de no res per sortir del pas. D'aquí a un temps, ho desmentirem i ja està. Però, mentrestant, amb el que ens hauran pagat haurem sortit del forat. Es pot saber què fas?

Havia tret la maleta de l'armari i començava a posar-hi, de qualsevol manera, la roba, els llibres, les meves coses.

—Què fas? —va repetir—. Para un minut, hem de parlar. Al migdia arribarà el pare amb la nena, que ja ens la podem emportar a casa, i llavors en parlarem tots tres. Per Déu, vols desfer la maleta? A on et penses que vas? Tens quinze anys, recorda-te'n, no pots tocar el dos així com així.

—No trobo el desodorant, no trobo el desodorant —em repetia jo, sense ni tan sols saber què deia ni què buscava.

—Et dic que tot és una mentida! —va cridar la mare, fora de si.

Em vaig aturar un instant, la vaig mirar, però no em sortien les paraules. No em sortia res. Amb prou feines sentia res, tampoc. Només una imperiosa necessitat d'allunyar-me'n. Vaig tancar la maleta amb un cop fort, vaig sortir de l'habitació i vaig sortir de casa deixant enrere les súpliques i les amenaces de la mare.

—Tornaràs de grat o per força, em sents? I algun dia ho entendràs tot.

Vaig donar un cop de porta com a comiat.

La senyora Remei fregava el terra de la porteria. Vaig veure una de les revistes a l'ampit de la finestreta de la seva garita.

—Dídac, què ha passat? Per Déu, digues alguna cosa. El teu pare, per favor, tan bon home, tan educat, tan senyor…

—De debò es pensa que és així, senyora Remei? —li vaig preguntar, mirant-la als ulls.

No vaig esperar la seva resposta.

La tieta Bel i en Toni es preparaven per anar a comprar al mercat. Quan em van veure aparèixer amb la maleta al llindar de la porta, es van quedar paralitzats.

—Toni, ves a canviar-te la samarreta, que aquesta està tacada.

—Que no.

—Que sí!

En Toni va desaparèixer pel fons del passadís, camí de la seva habitació.

—No saps res, oi? —vaig preguntar a la tieta.

—A què et refereixes?

Li vaig explicar la falsa notícia que apareixia en totes les revistes i es va posar les mans al cap.

—Això ja passa de mida.

—Em puc quedar?

—I encara ho preguntes?

—Segurament et portaré problemes.

—Benvinguts siguin.

Al cap d'una estona, se'n van anar tots dos al mercat i em vaig instal·lar a l'habitació d'en Toni, en un llit plegable. Després vaig trucar a la Gabriela.

—No en sabia res —em va dir, afligida—. Em sembla que ho han muntat tot molt de pressa.

—Et crec.

—Què farem, Dídac?

—Sobreviure com puguem.

El programa de televisió de la nit es veu que va ser un circ. No el vaig voler mirar, tot i que la tieta Bel sí que ho va fer i, al matí següent, em va dir que no hi pensés més, que visqués la meva vida, que fos feliç, que m'oblidés de tot. Després, em va portar amb ells a passar una setmana a un càmping de platja, lluny de tot, en un indret recollit i tranquil ple d'avis torrats pel sol i de bones i confiades famílies que es passaven el dia en banyador i amb cara de despreocupació. Hi vaig aprendre a jugar a beisbol amb el meu cosí.

Ara estic a punt de començar el nou curs. Al meu institut. Continuo vivint amb la tieta Bel i amb en Toni, però cada tarda vaig a casa a veure la Mafalda. Si la Marlene em truca o m'envia un missatge per avisar-me que hi ha els pares a casa, vaig a esperar-la quan surt de l'escola bressol. Jugo amb ella, li dono el berenar i mentrestant parlo una mica amb la Marlene. L'he ajudat a fer els papers perquè els seus tres fills entrin a l'escola pública més propera i està molt feliç. Viuen tots a casa meva, bé, a casa dels pares, tot i que les seves dues habitacions són a l'ala del servei i gairebé no es veuen. No sé ben bé com és, aquesta convivència, però pel que m'explica la Marlene els nens saben comportar-se de meravella i, a més, els pares estan fora la major part del temps.

Alguns diumenges anem tots plegats a algun lloc a passar el dia: la tieta Bel, en Toni, la Mafalda, la

Marlene, els seus tres fills i jo. De vegades també anem al parc a jugar a beisbol. El fill gran de la Marlene, en Bryan, té la mateixa edat que en Toni i s'han fet molt amics.

He tornat al club de futbol, amb en Genís. Em va bé córrer una mica cada dia, cansar-me, preparar partits, gaudir de la camaraderia que s'hi respira.

Amb els pares tinc un munt de converses pendents. Encara no m'he vist amb ànims d'encarar-les totes i ells tampoc m'apressen perquè ho faci.

El pare em paga els estudis i m'ingressa cada mes diners al meu compte. La primera vegada els hi vaig tornar. Després vaig veure que els necessitaria per a la quota del cub, coses dels entrenaments, despeses de classe, llibres o compres meves, i per poder aportar-ne una part a la tieta Bel per cobrir les despeses que li causo, malgrat que ella sistemàticament me'ls rebutja i me'ls està ficant en un compte.

El que sí que vaig fer va ser regalar-li sis parells de plantilles Devor-Olor i un parell de desodorants per als peus d'en Toni. Ostres, és inaguantable!

Pel que fa a la Gabriela, diguem que estem intentant passar de pressa el primer dia de les nostres vides per arribar al segon com més aviat millor, i crec que ja no trigarem gaire.

Potser per Nadal.

Seria espectacular.